泉ゆたか

春告げ桜
眠り医者ぐっすり庵

実業之日本社

実業之日本社文庫

春告げ桜　眠り医者ぐっすり庵

目次

春告げ桜　眠り医者ぐっすり庵

第一章　宵っ張りの友

一

身体(からだ)の芯(しん)まで凍らせるようだった冷たい風が、ふいに止(や)んだ。

まだまだ外は寒い。家の中だって震えるくらい寒い。だがようやく冬の終わりが始まった。

少し前まではお天道(てんと)さまも、からっと晴れ渡った冬空で燦燦(さんさん)と輝いていた。だが今は、どこか春の気配を思わせる薄くぼんやりした雲に覆われている。

「兄さん、福郎(ふくろう)くん、そろそろお茶にしましょうか」

藍(あい)は帳面に筆を走らせる手を止めて、庭に面した部屋に向かって声を掛けた。

いつの間にか手元はずいぶん暗くなっていた。

患者がここへやってくる前に、皆で揃ってお茶で一休みをするのが、この〝ぐっすり庵〟の日課だ。

兄の松次郎が眠りに悩む人を診る医院、〝ぐっすり庵〟は、毎日、夕暮れ時から始まる。

松次郎が長崎の鳴滝塾への留学から帰ってきたら、明け方に寝て昼過ぎから起き出すという蝙蝠のような生活に変わってしまったせいだ。

最近は少しずつ早く起きられるようになってきたとはいえ、人の身体の摂理に反した昼夜逆転の暮らしを続けている松次郎の身体が、藍はとても心配だ。

だが眠ることができない患者たちは、朝のうちは朦朧としていても陽が落ち始めると急に元気になる者が多い。このぐっすり庵の習慣は、期せずして患者にとっては都合が良いところもあるようなので難しいところだ。

「よしっ。今日の研究は、そろそろおしまいね」

藍は茶筒をひっくり返さないように注意しながら慎重に蓋を閉めて、手早く机の上を片づけた。

炊事場に面した三畳の小部屋は、かつてここが紙漉き小屋だった頃に物置に使っていたところだ。

部屋は北向きで小さな窓しかない。真剣に茶葉の種類や配合を考えて味を検分するには落ち着く場所だ。だが、陽が傾き始めるとあっという間に真っ暗になる。

そのおかげでいくら根を詰めて考えていても、今日はこのあたりで終わりにしよう、と思うことができるのが好都合ではあるが。

あともう少しだけいろんなことを試してみたかったのにな、と思いつつ、心地良い疲れに、藍は大きく伸びをした。

「お藍さん、お手伝いいたしますっ！」

廊下の奥から朗らかな声が返ってきた。

どたばたと廊下を駆けてくる音がして、九つになる福郎がまだまだ子供らしい顔をひょっこりと覗かせた。

福郎は、かつてぐっすり庵の患者だった少年だ。

勉学好きで聡明な福郎は、学問のことはさっぱりわからない力自慢の父との関係に悩んでいた。

だが松次郎のおかげでぐっすり眠れるようになってからは、父子ですっかり松次郎を信頼して、今ではここで松次郎の〝弟子〟として暮らしている。

「ありがとう。福郎くん、助かるわ。今日は普段より少し熱いお湯でお茶を淹れるわね。熱いお湯で淹れたお茶は少し渋みと苦味があるけれど、その分疲れが取れて気分が爽やかになるのよ。お茶受けは何にしましょうね」

「そうですねえ。渋いお茶でしたら、うんと甘いものをほんのちょっぴり、というのがいいかもしれません」

福郎は何事も真剣な顔だ。

「いいわねえ。確か患者さんからのいただきものの羊羹が残っていたはずよ。ちょっと切り口が固くなっちゃっているかもしれないけれど」

「やった！　切り口が乾いて砂糖がじゃりっとする羊羹は、私の大好物です！」

二人で顔を見合わせて笑い合った。

ふいに福郎の着物に目が留まる。

おやっと首を傾げた。

「あら？　福郎くん、なんだか今日はずいぶんと……」

「へっ？　特に変わった装いのつもりはありませんが。何かおかしなところがありますか？」

福郎がきょとんとした顔で、継ぎ当てだらけの濃い藍色の着物に目を落とした。

と、二人の足元を暖かいふんわりしたものが身をくねらせてにゅるりと通り過ぎた。

「おうおうおー」

そろそろ食事の時間だぞ、と言ったのは、このぐっすり庵で大事に飼われている眠り猫のねうだ。

白地に黒の斑の牛のようなまさに日光東照宮の眠り猫の柄で、ぽっちゃりと太っている。

いつもはとても人懐こくてご機嫌な猫だが、今日は少々仏頂面だ。

よくよく見ると、背のところの毛がほんの少し切り取られているのだ。

「福郎くん、今日は松次郎先生と二人で何の研究をしていたの？」

長崎から帰ってきた当初はほんとうに暗くなるまで起き出してこなかった松次郎だが、福郎がここで住み込みで働くようになってからはずいぶんと早起きになった。

ここ最近は、陽が傾く前に福郎を連れて雑木林へ行き、薬草に使う草葉を探しに出ることもある。

松次郎の良い変化は福郎のおかげだ、と嬉しく思っていたところだ。

「ええっと、ねうの研究をしていました。ぐっすり庵にやってくる患者さんたちが、ねうを触っただけで眠ってしまうのは、どんなからくりなのかと……」

「やっぱりそうなのね。着物が毛だらけよ」

藍はくすっと笑った。

ねうはこのぐっすり庵の守り神だ。どれほど深い眠りの悩みを抱えた患者でも、ひとたびねうを撫でればことんと寝入ってしまう。

福郎の着物を優しく叩いて、ねうの抜け毛を払い落とした。

「松次郎先生は、ねうの毛並みに人を眠らせる何かがあるのではと考えていらっしゃいます。それを解明すれば、お江戸中を揺るがす大発見になります！」

福郎は目を輝かせて夢を語った。

「確かにすごい研究ね。でも、ねうは自慢の毛並みを切り取られてご機嫌斜めのようよ。嫌がったらすぐにやめてあげてちょうだいな。松次郎先生には私から言っておくわね」

藍が、「ねう、ごめんね」と喉元（のどもと）を撫でると、ねうは愛想良く目を細めてから、「ちゃんと言ってやってくれ」とでもいうように、廊下の奥を見て高らかに「にあー」と鳴いた。

「はあい、ねう、ごめんよ。あ、お藍さん、ここは私が準備をいたしますよ。お藍さんは、ねうに食事をあげていただければと」

福郎は素直に謝って、炊事場へ飛び込んでいった。

早速、火打石をかちかちやりながら火を起こし始めている福郎を頼もしく思いながら藍はねうに餌をやり、庭に面した部屋に行った。

「兄さん、ねうに何をしたんですか？」

藍が膨れっ面で訊（き）くと、縁側で本を開いていた松次郎がびくりと身を縮めた。

「ねうが言いつけたのか！　あいつめ。半刻（はんとき）も目一杯遊んでやる代わりに、研究に協力してもらうと約束したんだぞ。それを、自分の番になったら今日は気分が乗らないなんて顔で、ぷいっといなくなってしまって……。まったく我儘（わがまま）な奴だ」

松次郎が懐からぼろぼろになったねこじゃらしを取り出して、不満げに回してみせた。

「自慢の毛並みに禿(はげ)を作られたら、怒るに決まっているでしょう。嫌がることはやめてあげてくださいな。研究に協力してもらうなら、どこまでも優しくご機嫌を窺(うかが)いながら、ですよ」

松次郎の机の上には、難しそうな本と細かい字がびっしりと書き込まれた帳面が広げてあった。

幼い頃は、西ヶ原(にしがはら)村一番の秀才として持て囃(はや)された自慢の兄だった松次郎。かつては、そんな兄が真剣に何をしているのか少しもわからなかった。

しかし藍自身、生まれ育った茶農家の〝千寿園(せんじゅえん)〟でこの西ヶ原の名物となるお茶を作り出す、という研究に打ち込んでいる今ならば、松次郎がやろうとしていることがほんのわずかながら理解できるようになっていた。

松次郎が学んでいる内容は相変わらずちんぷんかんぷんだ。

だがその帳面の文字を見ていると、新しいことを知りそれをわかりやすく解明しようとする胸の高鳴りが伝わってくる。

どうやら松次郎は、ずいぶん真剣にねうが眠り猫たる所以(ゆえん)を考えようとしているようだ。帳面に描かれたねうの絵も、心なしかきりりとした表情に見える。

「そろそろお茶にしましょう。私の試作を飲んでみてくださいな。少し茶葉を多めに熱いお湯で淹れて、敢えて渋みを強くしてみようと思うんです」

「渋みを強く、だって？　楽しみだな。薬は苦ければ苦いほど、患者の思い込みによく効くもんだ」

松次郎が少し真面目な顔をした。

そのとき、玄関口から、

「お邪魔するよ！　お藍はいるかい？　千寿園のことで大事な用事があるんだ。おや、ねう、食事中に済まなかったねえ。許しておくれよ。わわっ！　その禿はどうしたんだい？　男前が台無しだ！」

と、一心の妙に朗々とした声が聞こえた。

二

梅の花の匂いが微かに漂う。

滝野川の水面がきらきらと輝いて、流れの音が心地良い。

日光御成道の日本橋から数えてちょうど二里目の西ヶ原は、飛鳥山と滝野川という風光明媚な場所が二つもある。

桜の花見の時期はお江戸中から飛鳥山に人が集まり、夏には滝野川での川遊びや滝の見物で涼を取ろうと、これまた人が押し寄せる。

このあたりはまさにお江戸でいちばんの行楽地だ。

冬が終わりかけるこの時期になると、桜の見ごろに備えて窪地を均したり草むしりをしたりという人夫たちの姿が、飛鳥山の山肌に幾人も現れる。

「きゃっ」

藍は悲鳴を上げた。

何だかぼんやりしていたせいで水溜りに足を突っ込んでしまった。

爪先に冷たい水が染みてくる。

河沿いの道が悪いのはいつもならば百も承知だ。こんな失敗はそうそうしないのに。

「どうした？ 怖気づいているのか？ 『怖気づく者は金も運もすべてを失う。決まって零してはいけない場面で茶を零すのだから』うーん。まだまだ、練らなくては使えないな」

　次に出す本に載せようとしているのだろう。一心が丸顔を傾げながら、どこかちぐはぐな格言を考えている。

　万屋一心は、最後に必ず金と運の話に終始する『万屋一心一代記』という名の格言集で人気を博した商売人だ。己のことを人の心を扱う〝万屋〟と称している。潰れかけた店や借金で首が回らなくなった農家などに頼まれて、商売への忠言をするのだ。

　藍の伯父の蔵之助に頼まれて千寿園にやってきた一心もまた、かつては眠れない夜を過ごしていた。

「怖気づいてなんかいませんよ。せっかく桜屋さんで千寿園のお茶を使っていただけるかもしれないんですから、腕が鳴ります」

　連れ立って滝野川の河沿いの道を進みながら、藍は心を奮い立たせるように、密かに拳をぎゅっと握り締めた。

　一心は、一切歯に衣着せず藍に失礼なことをたくさん言う嫌な奴ではあった。だがその手腕は侮れない。

あの桜屋と商売の話を進めてしまったのだから——。

滝野川沿いの桜屋といえば、京料理を出すことで有名な高級料亭だ。料亭では当然、客にお茶を出す。千寿園からたくさんの茶葉を仕入れるお得意さんになってくれても良いはずだ。現に、桜屋以外の滝野川沿いの料亭では、亡くなった両親からの長い付き合いで快く茶葉を買い求めてくれる店がいくつもある。

だが桜屋は京からやってきた店だ。

どこまでも格式高いといえば聞こえは良いが、つまりはなかなか高飛車な店だ。

ここの女将(おかみ)は、かつて藍の父の売り込みを、「うちは京料理の店ですので、ずっと前から宇治のお茶だけを出させていただいています」なんてにこやかな顔で断ったという。

「これは驚いた、味見もせずに断られちまったよ。商売だから断るのはちっとも構わないんだが、あの慇懃無礼(いんぎんぶれい)な笑顔はいただけないねえ。ちょっとばかし、申し訳なさそうにしてくれたならこっちも、そりゃ、ご無理をすいませんねえ、なんて気分にもなれるんだが」

桜屋の女将は、父が今まで会ったことのない類の商売人だったのだろう。

狐に抓まれたような顔をして帰ってきた父の姿を覚えているので、藍のほうも桜屋にはあまり良い印象はないのだ。

そんな桜屋の懐にするりと入り込んでしまうなんて、一心はいったいどんな技を使ったのだろう。

今度は足元に注意して歩を進めていくうちに、滝野川の上流に辿り着いた。

桜屋は桜の木々に囲まれた豪華な料亭だ。

建物は滝野川に面していて、どうやら大木を残した中庭もあるようだ。この時季はまだ静かな佇まいだが、その名の通り春の桜と秋の紅葉は、皆があっと声を上げるような見事な景観になるに違いなかった。

「一心さま！　遠いところをありがとうございます！」

一心が足を止めたまさにその刹那に店先に飛び出してきたのは、一目で女将とわかる華やかな女だ。

真っ赤な紅を差した唇に、ほんの微かな京の訛りが艶っぽい。年の頃四十を過ぎた、いかにも酸いも甘いも嚙み分けたような様子の頼もし気な女将だ。

「首を長くしてお待ち申し上げておりましたわ。あら、こちらは？」

女将が藍に目を留めた。

「初めまして、千寿園の藍と申します」

慌てて藍は深々と頭を下げた。

「一心さまが仰っていた千寿園のお嬢さまですね。お初にお目にかかります。わたくしが桜屋の女将でございます」

女将は目を見開きながら、早口で喋る。かつて一心が言っていた、「私の本を好むのは、気の強い女が多い」なんて言葉をちらりと思い出す。

一心と藍が通されたのは、中庭を臨む豪華な客間だった。

「さあ、どうぞ。お二人のお口に合うとよろしいのですが」

女将が湯呑みを差し出したとき、涼しい顔で宇治の茶を出されるのではとひやりとした。

だが、すぐにほっとする。

湯呑みの中では、桜の花の塩漬けがふんわりと花開いていた。

甘くて塩気があって、うっとりするくらい良い匂いの桜湯だ。

「まさに花が咲くのを待ち構えているこの時期に、桜の花とは珍しいですね。いったいどこで手に入れられましたか」

一心が、ほう、と唸って湯呑みを啜った。

「〝桜屋〟と名乗るからには、このくらいのおもてなしは当然ですわ」

貴重な桜の塩漬けの入手先は、決して漏らさないという意味だろう。女将はちぐはぐな答えを返して目を細めて笑った。

一心がふっと息を抜いて、女将と顔を見合わせて笑う。

傍らの藍は、狐と狸の化かし合いを見ているような、気が気ではない心持ちだ。肩を竦めて、くわばらくわばら、と胸で唱える。

「この庭の木はすべて桜ですか？」

一心が話を変えて中庭を見回した。

「ええ、手前は染井吉野、奥は枝垂桜で、すべて同時に満開の時期を迎えます。特にあちらの大木は、この辺りでもいちばん古いものです。見事な花を咲かせるんですよ」

女将が得意げに胸を張った。

「素晴らしい。桜の宴はとんでもなく豪華なものになることでしょうね」

「ええ、ですから以前申し上げましたように……」

女将が背筋を伸ばして一心に向き合った。

「これまでの、長い伝統ある趣向に胡坐(あぐら)をかいていてはいけませんの。一心さまには、新しいものが大好きなお江戸の皆さんに喜んでいただけるような、この桜屋にしかない桜の宴を考えていただけましたらと」

お江戸者を、新しいものが好きな浮かれ者と馬鹿にしているかどうか、ぎりぎりの言い草だ。

いったい私はどうしてここに連れてこられたのだろう、と藍は気が引ける心持ちだ。

「ええ、ご依頼は存じています。すべてを私に任せていただけるとのことでしたね」

「もちろんでございます。番頭とも重々話し合いました。桜屋を盛り立てるそのためでしたら、これまで私たちが守り続けてきたやり方を捨てることさえも厭いません」

女将はわずかに緊張した面持ちで頷いた。

「ちょ、ちょっと待ってくださいな」

さすがに黙っていられなかった。

これは、桜屋に千寿園のお茶を無理やり売り込もう、という話なのか。

そんなの無理に決まっていた。この女将は藍が敵う相手ではない。

眉間に皺を寄せて一心を見上げたところで、一心がこちらを見ずに、小さく、でもきっぱりと首を横に振った。

「お嬢さん、まだ我々の話の最中です」

一心の目線の先を辿る。

ふいに気付いた。

床の間の床に、一箇所くっきり色が変わっているところがある。きっとつい先日まで、高価な調度品が置いてあった場所に違いない。

改めて見直すと、豪華な襖にほんのわずかな醬油が飛び散った跡がそのままにしてある。

桜屋の商売は、少しずつ下り坂になり始めているのかもしれない。

そう思うと、女将の棘のある言い回しも、これからどうしたらよいのだろうという焦りから来るようにも感じてくる。

「お客に出すお茶を、江戸っ子に馴染み深い西ヶ原千寿園のものに変えればそれでよい、というわけではないのは、女将もわかっていらっしゃるでしょう。仰るとおり、何か新しい趣向を考えなくてはいけません。そこでこの万屋一心は、閃いたのです。真に新しいものとは、時に、世の中の厳しさを一切知らない甘ったれた甘ったれ、頭にお花が咲いたようなお嬢さんからぽんと生まれるのではないか、と」

頭にお花が咲いたようなお嬢さんですって？

さすがに己のことを言われているのだとすぐにわかる。

藍が何か言おうと口を開いたのを掌で制して、一心が続けた。

「どうです？　これから三月ほど、桜の頃まで、お藍お嬢さんをこちらの桜屋で預かっていただけないでしょうか？」

「ええっ！」

藍は目を剝いた。

「まあ、千寿園のお嬢さまを、ですか？　そんな恐れ多い……」

女将が、急にそんなことを言われても、という困惑した目で藍をじろじろと眺める。

「奉公人だと思って女中と同じ扱いをしていただいて構いません。いえ、むしろそうでなくては困ります。お嬢さんがこちらの桜屋で働かせていただきながら己の甘ったれを克服すれば、まったく新しい形の、桜屋を盛り立てお江戸の客を魅了するものが見つかるのではないかと思うのです」

藍はうっと黙った。

桜屋で奉公修業をするなんて。こんな話、少しも聞いていない。

だが――。

藍の胸にちらりと疼(うず)く後ろめたさがあった。

千寿園、そして西ヶ原、ひいてはお江戸の名物となるようなお茶を生み出したい、というのが藍の夢だ。

両親を亡くして千寿園で働きたいと願って、甘ったれた己の心に幾度も恥ずかしい思いをしながらようやく見えてきた目標だ。

だがそれはぐっすり庵の部屋に籠(こも)って、いつまでものんびりと続けていられるような呑気なものなのだろうか。

伯父夫婦が成果を厳しくせっついてこないのをいいことに、己はどうにも切実さが足りないことには気付いていた。

一心はそれをわかっていてこの提案をしたに違いなかった。

「は、はい。一所懸命に働かせていただきます！」

藍は勢いよく頭を下げた。

良い閃きは一ところでぼんやりしていて、ふっと現れるものではない。

期日を決められずにのんびり己の好きなように進めていれば、いつかは素晴らしいお茶を見つけることができる、なんてそんなに甘いものではない。

桜屋のため、そして己の夢のため、新しい場所で新しい人の間で働かせてもらおう。

そうすれば何かが変わるはずだ。

藍が顔を上げると、一心が満足げににんまりと笑った。

三

「私は万智(まち)よ。よろしくね」

たすき掛けで小袖の裾(すそ)を縛った娘が、若さの漲(みなぎ)る頬(ほお)を綻(ほころ)ばせた。

「女将さんの遠い親戚のお友達がお江戸でお世話になった方の娘さん、って聞いたわ。つまり、あのおっかない女将さんとはずいぶんと遠いご縁なのね。それを聞いて安心したわ。私たち仲良くしましょうね」

悪戯(いたずら)っぽい顔でぺろりと舌を出す。

頬(ほ)っぺたが子供のように丸くて大きな垂れ目の、いかにも人懐こそうな顔立ちだ。

藍と同じ十九と聞いた。

きびきびした話し方に背筋をしゃんと伸ばした姿勢、迷いのない動きは、紛れもなく奉公仕事にずいぶんと慣れた立派な大人だ。

藍を女中部屋に案内する道すがら、万智は他の使用人たちと「おはようさん」と京の言葉で挨拶を交わす。

「桜屋の女中さんは、みんな京からいらしているんですか？」

「まさか！　挨拶だけはそれらしくしているのよ。ここの女中はみんな、西ヶ原の近くから奉公に出された娘たちよ。私は中里村の出なの」

先ほどよりも数段低い声でそう答えて、万智はくすくすと親し気に笑う。

「まあ、私、幼い頃は、毎年盆の頃に平塚明神の祖母のところに預けられていました」

身近な地名に、一段と親しみが増す。

「そうだったのね！　ならば私たち、平塚明神さまのお祭で顔を合わせていたかもしれないわね」

お喋りに花を咲かせながら辿り着いたのは、廊下の突き当りにある八畳ほどの暗い部屋だ。

「ここがお万智さんのお部屋ですか？」

松次郎がねぐらにしている部屋のように、じめじめとした湿気の漂う部屋だ。

壁には雨だれの跡があり襖は薄っぺらい。桜屋はどこもかしこも豪華絢爛な建物なのに、使用人が使うこの部屋だけが一目でわかる安普請だ。

「私の部屋、ですって？」

万智は呆気に取られた顔で藍をまじまじと見た。

と、直後にぷっと噴き出す。

「私の部屋には違いないわ。けれどもここに、あと八人加わるわ。今夜からはお藍も入れると十人で寝るのよ」

八畳に十人で寝るのか。

えっと驚きながらも、そんな素振りを見せたらどれだけ世間知らずだと思われるだろう。

藍はほんのわずかに目を見開いてから、「そ、そうですよね」とにこやかに答えた。

「冬はとってもあったかいわよ。夏は言わずもがな、だけれどね。幸いなことに、お江戸は冬のほうがうんと長いわ。川沿いのおかげで風が涼しいしね」

万智は藍のことを面白そうに眺めている。

きっと女将の言葉から、藍が箱入り娘として育ったことをなんとなく察しているのだろう。

だがちくりと嫌味を言うことなどない。まるで狸か狐が人に化けて里で働いている姿を見守るように、にこにこ楽しそうにしている。

心根のまっすぐな娘だ。藍も胸の強張(こわば)りが溶けてゆく。

急いで荷物を置いてお仕着せの小袖に着換えて、万智に従(つ)いて店へと向かった。

「まずは炊事場ね。新入りは、しばらくはここでの仕事になるわね」

鼻歌でも歌い出しそうな気さくな調子だった万智の顔が、はっと強張った。

「女将さん……」

炊事場の入口に両腕を前で組んだ女将が立っていた。わざと怖い顔をしているかのように、眉間に深い皺を寄せている。

「お万智、ここからは私が代わります。あなたは早く持ち場へ行っていらっしゃい」

「は、はいっ！」

万智はぺこりと一礼すると、そそくさと炊事場を去っていった。

「お藍さん……、いえ、お藍。ここで働くからには、お約束通り他の女中と一切変わらない扱いをさせていただきますよ」

「は、はい。どうぞよろしくお願いいたします」

藍は頭を下げた。

女将がどうしてこんなに怖い顔をしているのか見当がつかない、何か怒らせるようなことをしてしまっただろうか――。

なんて呑気なことを思ってから、私はこれまでの人生で初めて人に使われているのだ、と気付く。

「では、こちらへいらっしゃい」

女将が手招きをした。

「炊事場で仕上げた料理の盆を受け取って、こちらの女中に渡します」

女将が、空の盆を右から左へと受け渡す動きをやってみせた。

「そして女中がお客様の前から下げた料理の盆を、洗い場に置きます」

今度は逆だ。

「やってご覧なさい」

五つの子でもできるような簡単な動きだ。

「えっと、はい、わかりました」

藍は困惑した心持ちのまま、女将の動きをそっくりそのまま真似してみせた。

当然のことながらすんなりできる。

「よろしい。それでは今日一日、しっかり奮闘してください」

女将がいなくなるのを待ち構えるように、万智が廊下から炊事場に飛び込んできた。

「お藍、しっかりね」

万智は、拳をぎゅっと握って応援の眼差しだ。

「はい、お盆をこちらからこちらに動かすだけですよね。きっと大丈夫だと思います」

重い荷物を運ぶわけではない。運ぶのはお盆だ。少しも難しいことはないはずだ。

首を捻りながら藍が答えると、万智は何か言いたそうな顔をしてから、やはりやめたように小さく頷いた。

「さあ、もうじき店が開くわ」

気を取り直したように笑って炊事場を見回した。

料理人たちは藍には目もくれずにきびきびと動いている。

女中たちは緊張した面持ちでたすき掛けの紐（ひも）を直したり、懐から取り出した帳面を確認したりしている。

仕事の場の張りつめた雰囲気は心地良い。いいな。やっぱり働くって楽しいな。

藍は小さくうんっと頷いて着物の袖を捲（まく）り上げた。

四

「お藍、大丈夫？　ずいぶん顔色が悪いけれど」

万智に心配そうに言われて、藍は「そ、そうですか？　ちっとも何ともありませんよ」と、どうにかこうにか笑顔を作った。

初めの日からくたくたに疲れ切って今にも倒れそうだ、なんて言うわけにはいかない。

表はとっぷりと日が暮れている。酒を飲んだ客が帰った後なのだから、きっと夜五つ（午後八時）を過ぎているに違いない。

普段ならばとっくに寝床に入って眠り込んでいるはずの頃だ。

藍はさりげなく己の肩を、うなじを撫でた。

腰も、腕も、目や頭まで、身体中がしくしくと痛かった。

始めてすぐは、拍子抜けするくらいに簡単な作業だと思った。

ただひたすら右から左へとお盆を渡すだけだ。苦しい力仕事でもなく、頭をめまぐるしく使うこともない。

だがある刹那に、これはたいへんなことだと気付いた。

当たり前だが、仕事の間は決して持ち場を離れてはいけない。己の思うように動くことは少しも許されない。

そろそろ疲れたからお茶を飲んで一休み、なんてできるはずもない。うーんと伸びをするのも、大あくびをするのだって絶対にいけない。

常に誰かの目を意識して、怠けているなんて思われないように気を張らなくてはいけない。

新米の藍にはこの仕事がいつ終わるかもわからない。力の入れどころもわからない。もちろん力の抜きどころなんてわかるはずもない。

強張った顔で延々とお盆を受け渡していたら、いつの間にか身体じゅうが木の枝のように固まってしまった。

「じゃあ皆が寝るときのために、部屋に搔巻（かいまき）を広げておいてくれる？　ここではそれがいちばんの新入りの仕事、って決まっているのよ。ゆっくりでいいから。終わったら夕飯にするから戻ってきてね」

「はい、わかりました」

万智に言われて、急いで女中部屋に向かう。

真っ暗な女中部屋に行燈（あんどん）を灯（とも）す。

ひとりきりのときだけは存分に気を抜いて背を丸めて良い、と考えるだけでずいぶん気楽だった。

搔巻を広げながら大きくため息をついた。

「よいしょ、っと。ああ、疲れた」

言葉のとおりどっと疲れていた。働くことの楽しさなんて少しも感じる隙（すき）がないくらい。

ここしばらく、千寿園で新しいお茶を生み出すという仕事を与えられて張り切っていた。役割を与えられること、働く楽しさをしみじみと感じていたつもりだ。

だが人に使われるというのはこれほどの気苦労を感じることなのだ、と思い知る。千寿園で働く茶摘み娘や人夫たちの姿が胸に浮かぶ。私は彼らのことを少しもわかっていなかったのだ。

「やっぱり、私は甘ちゃんだわ」

気持ちがしゅんと萎れそうなところを、どうにか立て直そうと両頰をぱちんと叩いた。

だがどうにもこうにも、疲れすぎて力が入らない。

藍はしょぼついた目元を親指で押さえた。

「ほんのちょっと、ほんの少しだけよ。十を数える間だけ」

掻巻を敷いていない隅っこのところにうずくまった。

壁に寄りかかって目を閉じる。

すうっと足元が抜けるような眠気に襲われた。

ふわっとあくびが出る。

耳の奥で炊事場の喧騒が響く。洗い場の水の跳ねる音。料理人が「早くしろ！」

と命じる声。そこかしこで器が鳴るかちゃかちゃという音。

「少しだけ、少しだけだから……」

はっと気付くと、目の前は暗闇に包まれていた。

ぐう、ぐう、と低い鼾(いびき)がそこかしこから聞こえる。

暗闇に目が慣れると、狭い部屋の中で女中たちが寝返りを打ったり身体をぽりぽりと掻(か)いたりしながら眠っている。

まだまだ夜になると寒さが残る時季のはずだが、万智が言ったとおり、皆の人いきれでほんのりと暖かい。

あのまま寝込んでしまったのだ。

夕飯は食べることができなかったが、疲れのためか少しも腹は減っていない。

だが、皆に迷惑を掛けてしまった。

はっと身を強張らせたところで、己の首元までしっかりと搔巻が掛けてあるのに気付いた。誰か——おそらく万智が掛けてくれたのだ。

藍は微笑(ほほえ)んだ。

人の中で働くというのは、思っていたよりもずっと厳しいものだった。身体も気持ちもくたくたに疲れ切る。

だが一緒に働く仲間というのは、思っていたよりもずっと心強いものだ。これまで仲間といえば思い浮かべていた幼馴染やお喋り友達とは、不思議と何かがどこかが違う。

皆の中から万智を探そうとして、これは駄目だ、とすぐにわかった。

眠り込んでいるときの皆の顔は、普段のきりりと引き締まったものとは違い過ぎた。皆、だらしなく口を半開きにしている。まだまだ藍には誰が誰だか見当がつかない。

皆さん、おやすみなさい。明日も一緒に頑張りましょうね。

藍は胸の中で唱えた。

心地良い眠りが鼻先をふんわりと横切った。

五

それからしばらくは、冗談ではなくあっという間に一日が終わった。

与えられた仕事をどうにかこうにか間違えないように仕上げようとしているだけで、物思いに耽る間もないほどに疲れ切ってしまうのだ。

桜屋の一日の始まりは遅い。

女中たちが起き出すのはすっかり日が昇った朝五つの刻頃だ。

どたばたと身支度を整えつつ、使用人のための粗末な炊事場に火を入れる。

朝ご飯が出来上がるのはお天道さまが高くに昇る頃だ。

まだ寒い時分なので、朝の風の冷たさに身を凍らせる羽目にはならないのは有難い。

だが代わりに昼のもったりした日差しを浴びて、朝飯か昼飯かよくわからない飯を喰っていると、まさに今がいつだかわからない不思議な心持ちになってくる。

陽が傾き始めると桜屋に客が訪れ、それから夜更けまでは息つく暇もない大騒ぎだ。

店が開いてすぐは、炊事場のお盆を女中に渡していれば良い。

だが次第に店が忙しくなってくると、新しい料理を出すのと下げた皿を洗い場に持っていくのとがごちゃ混ぜになって、何が何やらわからなくなってくる。

頭の中を真っ白にしてただ身体を動かすには、まだ経験が足りない。かといって、ひとつひとつこれをこうして、なんて考えていたらあっという間に仕事が滞ってしまう。

どうにかこうにかこの場を切り抜けようと、気を張るだけで精いっぱいだ。

「ああ、そうそう。お藍、次に同じ失敗をしたらどうなるかわかりますね？」

炊事場に顔を出した女将に何の気ない口調で念押しされて、藍は身が細るような心持ちで頭を下げた。

「申し訳ありません！」

先ほど、藍がお盆をひっくり返してしまったことを言っているのだ。

それも、料理人が一つ一つ心を込めて作った飴細工のように綺麗な料理が載った、新しい盆だ。

泡を喰って「ごめんなさい！」と悲鳴を上げた藍を、料理人たちは誰も叱り飛ばしてはくれなかった。

ただ白けた顔をしてため息をつき、散らばってしまった料理を残念そうに見つめる。

物音に飛んできた女将も黙って他の女中に片づけを命じ、恐縮しきりの藍の顔をろくに見ようともしない。

怒鳴られて頭をぽかりと叩かれるよりも、ずっとずっと堪えた。

最初に仕事を命じられたときに、こんなこと子供だってできる、なんて思っていた罰が当たったのだ。

「気にすることないわ。誰だって一度はやらかす失敗よ。二度目、がなければそれでいいのよ」

こっそりと耳打ちされて、藍は顔を上げた。

一日の仕事の疲れで少々浮腫んだ顔をした万智が、藍のことを勇気づけるように笑った。

「お盆の端をいちいち手でぎゅっと摑んでいるでしょう？　それじゃあ指も疲れるし、安定もしないわ。お盆を運ぶときは腕に乗せるの。うまく乗せ方のコツを摑めば、手は添えるだけで平気よ」

万智が女中部屋に向かう廊下を進みながら、着物の袖を捲り上げて見せた。

左右の腕の内側が小豆色に変わっている。

「痛そうに見えるけれど、ぜんぜん痛くないのよ。日に百度はお盆を運んでいると、みんなこうなるの」

万智は色の変わったところを人差し指で押してみせる。

覚えずして、万智の綺麗な白肌が台無しだ、と思ってしまいそうになった。だが、いや違う、と藍は唇を強く結んだ。

お万智の腕は懸命に働く者の証だ。

誰だって重いものを持てば筋が張り、お天道さまの下で働けば真っ黒に日焼けをする。

いい大人が人形のように生まれたままの姿を保とうと躍起になるよりも、ずっと頼もしくずっと生き生きとしている。

「腕を使うと良いんですね。ありがとうございます」

「そう、こうやってすっと下から差し伸べてから、手首をくいっと返して……」

藍は大きく頷きながら、万智の隙のない一挙一動を隈なく見つめた。

「さあ、みんな、お待ちかねの夕飯だよ」

いちばん年上の姐さん分である染が大人びた声で言った。染は艶っぽい別嬪だ。

ぐうっとお腹が鳴る。

煮物を炊く良い匂いが漂っていた。

今日の夕飯は、汁物に山盛りの麦飯、そして大きなめざしを焼いたものだ。

千寿園にいた頃の藍ならば朝ご飯にするような献立だが、一日働いてくたくたに疲れ切った娘たちは、草木も寝静まる真夜中に夕飯をたらふく食べる。

「ありがとうございます。いただきます」

藍は頬を緩めて茶碗を手に取った。

疲れた身体にずしりと重い飯の味だ。同時に目の前がくらくらするほど美味しくて体中に飯の甘さが染み渡る。

「ああ、美味しい。お腹がぺこぺこだったの」

「私なんて、お客に出す料理を、つまみ食いしたいくらいだったんだから」

「そういえばあのお客、嫌な奴だったわね。女中たちの顔を見比べて、あの娘は良いがあの娘は不味い、なんて偉そうに」

「手前がヒキガエルみたいな顔をしている男ほど、女の顔立ちにあれこれ生意気なことをいうもんよ。そんなの相手にしないのがいちばんよ」

かしましいとはこのことかと言うような、鬱憤を晴らすしばしのお喋りのときだ。

「そういえばお藍、今日は災難だったわね。あんなの気にしちゃだめよ。私の時なんて……」

己に矛先が向いて、藍は慌てて硬い麦飯を呑み込んで目を白黒させた。

「私もそう言ったわ。お盆の運び方も教えたわよね？」

万智が藍の顔を覗き込む。

「あれって、しばらく自分の好きなやり方でやってみないことには、勝手の良さに気付けないのよね」

「そうそう、いきなりこうやって腕に載せてやりなさい、なんて言われたらそれはそれで難しいものよ」

皆が一斉に小鳥のように喋る。

「ええ、ありがとうございます。早速、明日からやってみます」

楽しみです、という言葉を胸の中でこっそり唱えた。

人の下で働くのはたいへんなことだ。だが同じような失敗をしながら、一緒に奮闘する仲間と働くのは、やはり心強く面白いものだ。

一心に言われたとおり、しばらくここで頑張ってみよう。

これまでとは違う自分になることができるかもしれない。

そういえば兄さんは……。

松次郎が暮らすぐっすり庵の日々が、遠い幻のような気がした。

そもそも松次郎は追手から身を隠すためにぐっすり庵に籠っていたはずだ。だが最近の力の抜けきった様子は、だらしないことこの上ない。

千住宿(せんじゅじゅく)の久(ひさ)に内緒で引き札を渡された眠れない患者を診ては、研究と称して草木を摘んだり、この間のようにねうのことを追いかけまわしたり……。

兄さんには福郎くんもいるし、ねうもいるわ。それにもう大人なんだから、ひとりで大丈夫ね。

藍は大きく口を開けて、めざしの頭をぼりぼりと齧(かじ)った。

六

はっと目が覚めた。

まだ身体は真夜中のつもりだが、雨戸の隙間から日差しが差し込んでいる。

いったい今がいつくらいの刻なのか、もっといえばどうしてここにいるのかさえもすっかり忘れてしまった心持ちで、藍は頭を振りながら身体を起こした。

「しっ、起こしちゃったわ」

万智が皆を窘(たしな)める声で、ようやく頭がはっきりしてくる。

「ごめんね。うるさかったわよね？」

万智の囁(ささや)き声。

雨戸で無理に作った暗闇の中で、娘たちの白い顔がこちらを向いた。

「いいえ、そんなことはありませんよ」

周囲を見回すと、掻巻を被(かぶ)って横になった娘たちがあちこちぱたぱたと寝返りを打つ。

皆、ずっと前から目を覚ましていたのだ。

「皆さん、すごく……早起きですね」

どのくらい眠ったのかよくわからなかったが、節々が痛くなるような身体の疲れからすると、じゅうぶんな睡眠を取ることができたわけではないのは明らかだ。

「決まって幾度も目が覚めちゃうのよ。齢(とし)のせいかしら」

万智が冗談めかして答える。

「もう、みんな静かにしてよ。あと少し頑張れば眠れそうだったのに」

部屋の隅から苦し気な声が聞こえる。

「そうだよ、お喋りは止めとくれ。お藍も、今からでもちゃんと眠っておかないと明日が辛(つら)いよ」

染の落ち着いた声に疲れが滲(にじ)む。

「は、はい、おやすみなさい」

小声で応じて、掻巻を耳のあたりまで上げた。

雨戸の隙間から差す陽の光が気になる。

表で鳥の鳴き声が聞こえる。風に揺れる木の葉の音。近くに騒ぐ者が誰もいなくても、朝というのはそれだけで華やいだ気配を湛(たた)えている。

つい昨日までは、始めたばかりの仕事をこなすだけで必死だった。

表が昼か夜かなんて気にする暇さえなかった。

だが改めて考えてみると、表が明るくなってからぐっすり眠るというのはずいぶん難しいことだ。

取り去れていない疲れに身を任すようにぎゅっと目を閉じても、腹のあたりは、今にも外の明るさに誘われて起き出してしまいそうに落ち着かない。

明らかに生来の人の身体の流れに反しているような、居心の悪さを感じる。兄さんはいつもこんなふうにして寝ているのね。やっぱり身体に悪いに決まっているわ。

藍は胸の中で呟いた。

遠慮がちに寝返りを打つ、ごそごそとした音が響く。それに万智も留も他の女中仲間たちも、私自身も。こんな生活を続けていて大丈夫なのだろうか。

頭は眠くてたまらないのに、心ノ臓だけが妙に速く拍動を刻む。

藍は頭まですぽりと掻巻を被った。

明るい刻の眠りは少しも心地良くない。

疲れが身体をだらしなくその場に留める。

世間から置き去りにされてしまったような、ひとりぼっちで穴の底にいるような、物悲しい気持ちが胸に迫る。

　これは、たいへんな仕事だ。

　やっぱり私は甘かったかもしれない。

　藍は、皆を起こさないように気を配りながら恐々と寝がえりを打った。

七

「お藍、今日はこちらへ。あなたにお客さまです」

　炊事場で一切の情の籠らない冷たい声を掛けられて、藍は慌てて女将の後に続いた。

　女将のつっけんどんな様子にもだいぶ慣れてきた。

　お客を相手にするときには商売人らしく笑顔を絶やさないからこその、使用人へのこの態度だ。表裏のどちらの顔も知ってしまうと恐ろしくも見えるが、炊事場での女将の気分はいつだって冷たいまま変わらない。

　こういうものだと思ってしまえば、機嫌の良いときと悪いときで、普段は叱られなかったことに烈火のごとく怒られたりするよりはずっと気楽だ。

「失礼いたします」

客間の襖を開けて、やっぱりか、と思った。

「お藍お嬢さん、お久しぶりだな。伯父上がお前に何やら急な用事があるとかで、今日一日だけ連れ戻しに来たぞ。ずいぶんと皆に絞られているようで何よりだ。あの女将に任せることにして、ほんとうに良かった良かった」

丸顔を綻ばせてご機嫌な様子で桜湯を啜っているのは、一心だ。

「まあ一心さん、お久しぶりです。絞られている、だなんて人聞きが悪いことを言わないでくださいな。皆さん良くしてくださっています」

藍は思わず周囲を見回した。

一心に〝お嬢さん〟なんて茶化されている姿は、女中仲間には決して見られたくない。

「千寿園の茶を使って、桜屋でどんな宴を開くか。思い付いたか？」

「まさか、そんな余裕は少しもありません。今はまだ目の前の仕事をこなすだけで精一杯です」

大きく首を横に振った。

「今の自分なぞにはまだまだできるはずがない。いいや、まだまだ。もっともっと、まだまだだ。甘ったれのお藍お嬢さんは、そうでなくちゃな」

一心がいかにも意地悪そうに、冗談めかして言う。

何よ。

藍は一心に膨れっ面を向けた。

一心の言い草にはいつもむかっ腹が立つ。

失礼なことを平然と言うから……だけではない。時に、己でもぎくりとするようなものを言い当てられるからだ。

「膨れっ面が前よりもずいぶん萎びたな。ようやく汗水垂らして働く辛さを思い知ったか」

一心が可笑しそうに扇子を広げて、ほくそ笑む口元を隠す。

「そりゃ私は、甘ちゃんです。人に使われるのも、誰かと一緒に働くのも、生まれて初めてのことです。でも――」

藍は肩を竦めた。

「もうこのままずっとおうちに帰りたいというなら、今日この場でお仕事見物は打ち切りにしてやっても良いぞ」

「いいえ、まさか」

強く首を横に振った。

「ひたすら同じことを繰り返しているだけの仕事も、昼と夜がとっ違ってしまって眠れないことも、桜屋の仕事は辛いことがたくさんあります。でも、ここでの仕事は、今までとはまったく違ったやり甲斐があるんです」

皆で食べる真夜中の夕ご飯。

思いっきりお喋りをして、今日一日の疲れを取り去るように笑い合うとき。

仕事中に、ほんのわずかに交わす目配せと含み笑い。

疲れの色の濃い仲間がいれば、皆でさりげなく助けようとする阿吽の息。

「ほう、違った遣り甲斐、か」

一心が面白そうに応じた。

「ええ、仲間がいるってとても良いことです」

幼い頃から、女中に仕えられていた千寿園での日々。茶摘み娘たちも藍に優しかった。だがそれは藍が〝お藍お嬢さん〟だったからだ。

　箱入り娘として育った藍は、いつもひとりだった。

　女中たちのどっと湧くお喋りや、茶摘み娘たちの腹を抱える笑い声。どちらも藍が現れると、ぴたりと余所行きの笑みに代わってしまうのがずっとどこか淋しかった。

「『大人は働く場でのみ、真の友に出会うことができる』さあ、お藍ならばこの格言の続きはどう書く？　見開きのこちら側だ」

　一心が本を開く真似をした。

　藍はきょとんと一心を見つめてから、ふっと笑った。

「せっかく良いことを言っているのに、それにお金や運の話が続くのはいただけませんよ」

　万智の顔が浮かぶ。

「一心さんの言う通りです。友、と思える人ができたのはどのくらいぶりでしょう。あ、もちろん私のほうが勝手にそう思っているだけかもしれませんが」

　顔を赤くして首を横に振った。

お互いが抱えているものは大きく違えど、仕事の間のその時だけはまるでひとりの同じ人間になったように協力し合うことができる。

そんな友というのは、今までに出会った誰よりも心強いものだ。

お互いが懸命に日々をこなしている姿を知っているからこそ、〝仲間〟だと感じることができた。

八

一心と千寿園へ着いた頃には、ずいぶん日が傾いていた。

「ああっ、お藍、よくぞ戻って来た！　おい、お前、たいへんだ！　お藍が戻ったぞ！」

庭で待ち構えていた伯父の蔵之助（くらのすけ）は、藍の姿を目に留めた途端に大騒ぎだ。

家の奥にいる伯父の重（しげ）を呼びつけながら、「どうしたどうした、そんなに痩（や）せて。一心さま、やはりお藍に奉公仕事というのはさすがに突拍子もないお話だったかと……」なんて、藍の顔を覗き込む。

「まあ、お藍、おかえりねえ。奉公仕事は辛かったねえ。さ、さ、あんたのために美味しいお餅をこしらえたよ。おっかさんの味付けとは違うかもしれないけれど、許しておくれね」

重は草履を履く暇ももどかしい様子で、足元をごそごそやりながら玄関先で声を掛けて来る。

「伯父さん、お重さん、ご用事って何でしたか？」

「いやいや、お藍の様子が心配でたまらなくてねえ」

蔵之助が決まり悪そうに頭を掻く。

「えっ？　それじゃあ……」

藍が桜屋で働き始めてからまだ十日も経っていない。私はどれほど頼りないんだろうと、さすがに苦笑いを浮かべかけた。

はっとする。

重の背後でにこやかに藍を出迎える、若い女中の娘たちの姿に気付いた。娘たちは「お藍お嬢さん、おかえりなさい」なんて口々に言いながら、少しも意地の悪い顔をしてはいない。

だが藍にはわかってしまう。年下の奉公人の前で「奉公仕事は辛かったねえ」なんて甘やかされている己は、みっともないことこの上ない。

途端に、胸のところがつっかえるような心持ちになった。

「一心さまの言う通りにすれば、桜屋との商売がうまく進むかもしれない、ってお話でしたけれどね。でもさすがにこれではお藍がかわいそうです。それに死んだ兄貴もあそこの女将とはどうにもこうにも……」

蔵之助が、恐る恐る一心に掛け合おうとする。

「ほう、それでは、桜屋との商売ひとつくらいならばうまく行かなくても構わないので、お藍お嬢さんを千寿園に戻してやって欲しい、とそういうことでよろしいですか？」

一心が藍に見られているとじゅうぶんわかっている横顔で不敵に笑った。

「いやいや、商売がうまく行かなくて良いというわけではありませんが、さすがにこのお藍の、窶れて浮腫んで吹き出物だらけの顔を見てしまうと、兄貴に申し訳が立ちません」

「窶れて、浮腫んで、吹き出物……」

藍は思わず頬に両手を当てた。

桜屋では仕事に出る前に、仲間とお互いの身だしなみを確かめ合ってはいた。だが、手鏡なんて覗き込む暇はどこにもなかった。

己の顔がどうなっているのか、気にして考えたこともなかった。

恐る恐る肌を指でなぞってみる。

寝れて浮腫んで、というのは触っただけですぐにはわからない。だが顔じゅうに鈍い痛みが走る。ぼこぼことした感触。

伯父さんの言うとおり私の顔は吹き出物だらけになっているのだ、と気付いたら、泣き出しそうになった。

「やはり、奉公先が料亭というのがいけません。人というのは、朝明るくなれば起きてお天道さまの下、力いっぱい働き、夜暗くなればぐっすり眠る、というものなんです。夕暮れ時から働き出すなんて、そんな蝙蝠みたいな真似をしていたら、人はいつか早死にしますよ」

蔵之助の言葉の鋭さに、藍は息を呑んだ。

「どうしても一心さまがお藍には奉公仕事が必要と仰るなら、こちらで懇意の商売相手に頼んでみますよ。茶店や和菓子屋といった客商売もあったはずですからねえ」

「伯父さん、違うんです！」

思わず遮った。

「私は、桜屋さんでたくさんのことを学ばせていただいています。桜屋さんとの商売をうまく行かせるために奮闘しなくてはいけないのはもちろんです。でも、それだけじゃなくて、きっと今私は、巡り巡って千寿園の行く末のために働いているんです」

「千寿園の行く末……だって？」

伯父夫婦がきょとんとした顔をした。

急に大それたことを言い出した子供を見る顔だ。

「約束通り桜の咲く頃まで、きちんと働きます。そして、必ず桜の宴までにぴったりなお茶を見つけ出します。この千寿園を助けることができるような……」

「桜の時期はもうすぐですねえ。じきに春一番が吹くでしょうな」

せっかく気負っていたところで、一心がのんびりした口調で口を挟んだ。

「『までにまでにと言う者は、決まって衣を替えたがらぬ。今はやらぬの言い訳だから』おうっと、これは説教臭すぎるな。挿絵もずいぶんと頭の悪そうなものになってしまいそうだ」

一心が己の着物の袖をばたつかせておどけてみせた。

「お藍お嬢さんが桜屋で奮闘を続けられるとのことで、万屋一心は、心より安心いたしました。ですが、のんびりする暇はどこにもありませんよ。せっかく伯父上にいただいた、一日のお休み。さ、さ、早く、茶葉の研究に勤しまれてくださいな」

一心が使用人のように腰を落としてみせる。

どこまでも藍のことをからかっているのだ。

「え、ええ。もちろんそうさせていただきます。今から、すぐに」

藍は大きく頷いた。

「そんな、お藍、もう夕暮れどきだよ。今日くらいはゆっくり休んだらどうだい？」

「お重さんありがとう。私、ぜんぜん平気です」

そのとおり、夕暮れから働くことにはすっかり慣れてしまった。

ちょうど桜屋では店が始まる刻だ。皆は店を開く準備に駆け回っているに違いない。

ふいに胸がちくりと痛む。

——早死にしますよ。

伯父の言葉が胸に刺さる。わざと藍を脅そうとする言葉の綾には違いない。だが、実際にその仕事に取り組んでいる仲間を知っている今では、耐えきれないほど鋭い言葉だ。

私は明日すぐに桜屋に戻る。そして桜の宴を成功させる、という己の目標のために奮闘してみせる。

だが藍がそれを成し遂げようとできまいと、万智をはじめとする女中仲間たちはこれから先もずっと、真夜中に寝て昼過ぎに起き出す暮らしがずっと続くのだ。

外が明るくなった気配の漂う部屋で、「眠れない」と笑い合う娘たちの姿を思う。

「仲良くしましょうね」と微笑みかけてくれた万智の顔が浮かんだ。

九

暗闇の中で、藍は息を潜めた。

「静かに、静かによ。福郎くんを起こしちゃ駄目よ」

己に言い聞かせながら、細心の注意を払ってぐっすり庵の引き戸を開けた。

千寿園の家から、松次郎の隠れ家のぐっすり庵まで。

勝手知った林の道だ。提灯（ちょうちん）がなくても、月明かりだけを頼りに辿り着くことができた。

「あーお」

「きゃっ、ねう。しっ、駄目よ。静かにね」

框（かまち）のところで待ち構えていたように大きな声で挨拶されて、藍は慌ててねうの頭をごしごしと撫でた。

ねうが嬉しそうに目を細めた。夜のねうの瞳は、いつもよりも一回りも二回りも大きく見える。普段は大人の猫らしい渋さを湛えた佇まいだが、夜はまるで赤ん坊の人形のように愛らしい。

廊下を進むと、表よりもぼんやりと明るい。

庭に面したいちばん大きな部屋の襖が開け放たれていて、行燈の光が漏れていた。

「わっ、お藍か！　化けて出たな！　なんまんだぶ、なんまんだぶ……。この本を土産にやるからどうか命だけはお助けを……」

玄関先でのねうとのやり取りが聞こえていたのだろう。

読みかけの本を差し出した松次郎が、祈る真似をしてみせる。松次郎の本に目を向けると、向かい合って茶を飲む二人の男の絵が描かれていた。

「冗談はやめてちょうだいな。今日は一日だけ、お休みを貰って千寿園に戻って来たのよ」

久しぶりに千寿園の家の掃除をしてから、宣言どおりお茶の研究を始めた。だが夕暮れどきからいろんなお茶を淹れてあれこれ味わってみたものの、ひとりきりの家では気負ってばかりでどうにも調子が出ない。

桜屋で奉公をする前よりももっと、ひとりの寂しさが身に染みた。

暗くなるにつれて頭は冴えてくるのに、どんどん気が滅入ってくる。

迷った末に、ぐっすり庵へ行けば松次郎が夜通し行燈を灯して学んでいると気付き、道具を纏めて家を飛び出してきたのだ。

「今日一日だけ戻って来た、なんてのは幽霊が現れるときの定番だ。俺は騙されないぞ。奉公に入って半月もしないうちに、里帰りが許されるなんて気楽な話は聞いたことがないからな。なあ、ねう？」

松次郎がねうをひょいと膝に抱き上げた。

「伯父さんたち、私のことが心配だったんですって。聞いたときは力が抜けちゃったわ。せっかくだから、兄さんのところに顔でも出そうかと思って。明日の昼には桜屋に戻ります」

決まり悪い心持ちで唇を尖らせる。

「普段のお藍を知っていれば、伯父貴でなくとも心配するぞ。なあ、ねうねう？」

松次郎は、ねうのお尻の禿を隠すように掌を当てた。

「兄さんまでそんな意地悪を言うのね。確かに私は頼りないわ。でも、桜屋で働くようになってから、どんどん世の中を学んでいるんだから」

己で言っていれば世話はないと思いつつ、わざと胸を張ってみせる。

「世の中を学ぶだけならば良いが。やはりその顔を見ると、伯父貴の憂慮は正しいぞ。まともな眠りを摂っていない顔だ」

ふいに松次郎が真面目な顔をした。

藍の顔をまじまじと見て、眉間に微かに皺を寄せる。

「やっぱり、兄さんもそんなふうに言うのね」

藍は小さくため息をついた。

「お藍の年頃は、不摂生が肌に出やすい。鳴滝塾の時代も、昼も夜もなく勉学に励んでいた仲間たちは、みんなお藍のように吹き出物の目立つ顔をしていた」

「ええ、私のお仲間もきっとそうなの。お客さんの前に出るためにお化粧をしている娘が多いから、あまり目立たないけれど」

藍はでこぼこしてしまった頬を、残念な気持ちで撫でる。

そういえば桜屋の娘たちは、朝になると目にも止まらないほど手早く、だが念入りに顔に白粉(おしろい)を塗っていた。

「仲間だって？」

松次郎がきょとんとした顔で訊き返した。

「ええ、私がお仲間、なんて言うのっておかしいかしら？」

「いや、おかしくはないが……」

松次郎が目を逸らしてから、ふっと目を細めて笑った。

「普段、桜屋ではどんな生活をしている？」

松次郎が帳面を開いた。

普段のだらしない姿ではなく、眠り医者の松次郎先生、の顔だ。

「兄さん……！」

思わず目を見開いて笑顔を浮かべると、松次郎は筆を手にして真面目な顔だ。

「えっと、まず、起きるのはずいぶん遅いわ。朝と昼の間くらい」

「そのとき、部屋の様子は？　雨戸はどうしている？　窓の向きは？」

松次郎に問われるままに、桜屋の一日の出来事を話して聞かせた。

松次郎は、最初のうちこそは、うっと唸ったり、「本当か？」と訊き返したりしていたが、いつの間にか渋い顔で黙り込んでしまった。

「兄さんが言いたいことはわかっているわ。でも、兄さんだけにはお説教されたくないけれど」

夜に働く生活が、人の摂理に合っていないことは藍にだってわかっていた。

だが、そんな綺麗ごとを聞きたくはなかった。

この世には、お天道さまの下で気持ちよく汗を流して働いた人々の代わりに、今度は夜から働いてくれている人たちがいる。

身体に悪いから嫌だ、なんていってその仕事を放り出すわけにはいかない者のことを、己自身が昼夜逆転で暮らしている松次郎ならばわかってくれると信じていた。

「お藍、教えてくれ。人に使われる仕事は、この千寿園で、ぐっすり庵で働くのとどう違う？」

質問をされるとは思っていなくて、藍は驚いた。

少し考えてから、ゆっくり頷きながら言う。

「えっと、皆に迷惑をかけてはいけないとか気を張らなくては、というのも辛いことだけれど。何よりは、己の好きなように動けないことだと思うわ。もっとこうしたらいいのに、って思うことがあっても、そうそう簡単に好きに動くことはできないの」

己の身体を己で好きに動かせない感じ。そしてそれによって身体が弱っていくというのは、とても気が滅入るものだ。

「そのとおりだな。いくら昼夜をとっ違えた暮らしは間違っている、と言ったところで、桜屋の女中たちの苦労は何も変わらない」

松次郎が頷いた。

「一日の中で、お藍と仲間が思うとおりに動けるのはいつだ?」

「起きてから朝飯を食べて仕事が始まるまで。それと、仕事を終えてから夕飯を食べて眠るまで、だけよ」

松次郎が、ほう、と顔を上げた。

「食事は誰が作っている?　決まった飯が出るのか?」

「いいえ。炊事場の料理人さんたちに分けてもらった余りものを使って、皆で持ち回りで献立を考えて作っているわ」

「お藍の当番はいつだ?」

「私はまだ頼りにならないと思われているみたいで、順番が回ってきてはいないわ」

「ならば桜屋に戻ったら、すぐにやらせてもらうんだ。兄さんの献立、をな」

松次郎がにやりと笑った。

「兄さんの献立、ですって？」

松次郎が料理をしている姿なんて、ろくに見たことがないけれど。

藍は首を捻った。

十

えっと、いったい今、私はどこにいるのかしら。

天井を見つめてほんのしばらくの間、藍は大きく数度瞬きをした。

昼下がりの気怠い気配が身体を包む。

耳を澄ますと、遠くで微かに滝野川の流れの音が聞こえていた。

そう、ここは桜屋だわ。

でも何かがおかしい。どこかが普段とは違う。

怪訝な気持ちで身体を起こしたその時、「たいへん！　寝過ごしたわ！」と万智の叫び声が響き渡った。

「何だって⁉」

染が低い声を出す。

「きゃっ、踏んづけないで！」

「驚かさないでよ。ここの影をご覧なさいな。まだ間に合うわよ」

「今日の朝飯は誰が作るんだっけ？」

横になっていた女中の娘たちが、一斉に飛び起きた。目覚めたそのときから、明け方の小鳥たちのようにかしましいお喋りが始まる。

雨戸を開けると陽の光が勢いよく差し込み、掻巻を片づけるときに舞い上がった埃（ほこり）がきらきらと輝いていた。

「ねえ、みんな、ちょっと聞いてちょうだい！」

万智が少し大きな声を上げると、お喋りで沸いた部屋がぴたりと静まり返った。

「お藍の〝夜食〟の効き目はあったと思う？」

ほんの刹那の沈黙。

「もちろん！」

「もちろんよ！」

皆が一斉に声を揃え、藍の周囲に集まってきた。

「すごいわ。夜中に一度も目が覚めなかったのなんて、初めてよ」

「身体が軽いの。ぐっすり眠るって素晴らしいことね」

「肩凝りもすっかり軽くなって、目まで良くなったみたいよ」

興奮した笑顔を浮かべた娘たちが、手足をばたつかせて言う。

「ならば、みんな、お藍に言うことがあるんじゃないのかしら？」

万智が藍に、得意げな目配せをした。

皆は決まり悪そうな顔を見合わせてから、うんっと頷いた。

「お藍、昨夜は悪かったね」

最初に留が、済まなそうに言った。

「私も謝るわ。昨日は、すごくすごくお腹が減っていたものだから」

心底申し訳なさそうな顔をして口々に謝られて、藍は「とんでもない。ご協力ありがとうございます」と目を丸くした。

昨夜の光景が胸に蘇る。

――今夜の夕飯を私に作らせてもらえますか？　ぐっすり眠れる食事を試してい

ただきたいんです。

恐々言ってみたら、その日の夕飯作りの当番の仲間に大喜びされた。

――ぐっすり眠れる食事ですって？　そんなものがあるの？

――楽しみねえ。毎晩、深く眠れないことが何より苦しいのよ。

そんなふうにはしゃいで嬉しそうにしていた娘たちは、出来上がった夕飯を見て呆気に取られた顔をした。

豆腐の味噌汁に、赤ん坊に出すような柔らかいお粥を付けたもの。

汁物にお粥なんて合うはずがない。藍だってもちろんわかっていた。

――とにかく食べてみてください。眠りに効き目があるはずなんです。

ごめんなさい、と身を縮めて謝りたいような心持ちだったが、どうにかこうにか言い張った。

皆、目の前がくらくらするくらい腹ぺこだ。こんなもの食べられない、なんて文句を言う娘はいなかった。だがいつもの騒々しいお喋りが、その日だけはぴたりと止んでしまった。

――なんだか物足りないわね。

——眠れるといいけれど。

暗くなった部屋で、離れたところで横になった娘たちがそんなことをひそひそと言い合っているのが微かに聞こえ、藍は祈るような気持ちで目を閉じたのだ。

「どういう理由で眠れるようになったのか教えて欲しいわ。もしかして、あの味噌汁に眠り薬でも入っていたの？」

万智が手早く着替えながら訊いた。

「い、いいえ。大豆には気張った心を緩め、人の眠りを促す成分があると聞きました。だから、どちらも大豆でできた豆腐の味噌汁は、夕飯に適しているんです」

悠長に話している暇はない。藍も慌てて万智に倣って着替えを始める。

「大豆が眠りに良いなんて知らなかったわ。じゃあ、あのお粥は？　米も同じように眠りに良いの？」

留が髪を直しながら口を挟んだ。

「お粥を出したのは腹を休めるためです。眠る前にたくさん食べてしまうと、せっかく眠ることができても腹が勢いよく動いたままで、身体の疲れが取れないんです。夜遅くまで働く人の夕飯は、豆を使った料理をお粥と一緒に食べる、というのがいちばん良いんです」

藍は胃のあたりを撫でてみせた。

ぺたんこのお腹が、朝飯を待ち構えるようにぐうっと鳴る。

「これまでみたいに、めざしをばりばり齧って、硬い麦飯を掻き込んで腹いっぱいになって眠る、なんてことをしたらいけない、ってことね？」

万智が念を押した。

「はい、その分、朝飯を目一杯食べれば、一日中、疲れにくく気が張ります」

「すごいわ、お藍！　そのとおりね！」

普段よりもずいぶんとすっきりした顔をした皆が、大きく頷く。

「そ、そうでしょうか……。皆さんのお役に立てたなら嬉しいです」

兄さんのお陰よ、ありがとう。

胸の内でこっそり唱えた。

「ねえ、お藍、その他人行儀な話し方、そろそろやめてちょうだいな」

「えっ？」

藍が首を傾げると、万智が親し気に微笑みかけた。

「仕事の最中みたいな調子はやめて、もっとくだけて話しましょう」

「えっと、それはつまり……」

親し気な友達同士のような話し方をしようということだろうか。

「水臭いわ。私たちは仲間でしょう?」

私たちは仲間。

万智の言葉に、胸の中がほわりと温かくなる。

「う、うん」

恐る恐る口にしてみた。

「そうでなくっちゃ、今日も一緒に頑張りましょうね」

どんっと背中を叩かれて、心が躍る。

これから延々と続くお盆運びも、楽しい仲間がいればちっとも辛くない。

仲間といれば、日頃の気がかりなことを考えすぎている暇なんてない。

「うん、よろしくね!」

まるで子供の頃のように澄んだ心持ちで、藍は大きく笑った。

その壱

眠りに効く食事とは

食べてすぐ寝ると牛になる。

この言い伝えは、寝そべって食べ物を反芻（はんすう）する牛を例えにして、食事の後にすぐに横になることはお行儀が悪いと子供に言い聞かせるためのものです。

ですが食事の後すぐに眠りにつこうとするとその後の眠りが浅くなってしまいがちだということは、最近ではよく知られるようになりました。

胃は筋肉のかたまりで、食べ物を消化する際に大きく動きます。だから消化の最中には全身が心からリラックスしてぐっすり眠るモードになるのは難しい、というのがその理由です。

胃の中の食べ物がすべて消化されるには、二、三時間は必要と言われています。

とはいっても、働き方が多岐にわたる現代では、夜遅くや朝方に家に帰ってきて、寝る直前に慌てて食事を摂るという場合もあるでしょう。

そんなときは桜屋の皆のように、夕食はお粥をはじめ、具だくさんのスープや味噌（みそ）汁を中心とした食事など、消化が良く極力胃に負担がかからないものを選ぶようにするのがおすすめです。

ちなみに大豆にはトリプトファンというアミノ酸が含まれていて、これは眠りに大きな影響を及ぼすセロトニンというホルモンの原料になります。

トリプトファンは現代の食事では牛乳、チーズ、ヨーグルトなどにも含まれています。

より良い睡眠のために、ぜひ夕食の時間と内容を意識してみてくださいね。

第二章　朝寝坊の御用聞き

一

「ほう、闘茶ときたか」

桜屋の客間で藍の話を聞いていた一心が、扇子を顎に当てて考え込む顔をした。

「なるほど」と呟いて感心した顔に、藍も嬉しくなる。

「ええ、桜屋さんの花見の宴で、風流好みのお茶の味のわかるお客さんを集めた闘茶をやってみてはと思うんです。我こそはという人に闘茶に参加してもらうことはもちろん、見物人もたくさん入れて、一緒にいろんな産地のお茶を飲み比べてもらえばきっと楽しめるはずです」

闘茶とは、宴の席で茶を酌み交わして、その茶の産地を当てるという遊びだ。鎌倉時代の貴族たちの間で始まったという長い歴史のある宴であったが、ここ最近では町人たちが〝利き茶〟や〝茶歌舞伎〟なんて名付けて、見物客を集めて気軽な見世物を開くこともあるらしい。

ぐっすり庵に帰ったときに、松次郎から〝土産に〟と押し付けられた本に書かれていたことだ。

「つまらんな。同じような宴は、古今東西、いくらでも聞いたことのある話だ」

と、一心が藍に鋭い目を向けた。

「ええっ！」

最初に藍の話を聞いたときは、明らかに乗り気の様子だったのに。

「そうでしょうか？　そりゃ、闘茶はいろんなところで開かれていますが、皆さんでこの桜屋の綺麗な桜を眺めながら、各地の名産の美味しいお茶を飲み比べてみたら、とても上品で楽しい宴になるに違いありませんよ」

「そんなお気楽な宴は、子供だましだ。そこそこの人が集まり、それなりに評判になり、桜の時期が過ぎれば皆が桜屋なんて忘れ去る。この万屋一心は、そんなありがちな宴を求めているわけではない」

「そんな……」

藍は肩を落とした。せっかく良い閃きを思いついたと嬉しかったのに。

ならば最初から考え直さなくてはとしゅんとしたところで、一心が「待て」と続けた。

「人が嫌でも引き寄せられてしまうものには、何があると思う？　こんなもの興味がないぞ、興味がないぞ、と己に言い聞かせながら、もっともっとそれが気になってしまう。そんなものには何がある？」

一心が目をきらりと光らせて訊いた。

「嫌でも引き寄せられてしまうもの、ですか？　えっと、えっと……」

天井に目を巡らせる。

「毒だ。人は毒だとわかっているものにこそ、引き寄せられる」

一心が得意げに言って、勢いよく扇子を開いて顔を扇いだ。

「桜屋の闘茶の宴は、ただ茶の産地を当てて、あらまあ素晴らしい風流ですわねえ、なんて言い合うような甘っちょろいものにはしないぞ。京とお江戸、どちらが客の心を摑む美味い茶を出すか、味比べだ！」

「京とお江戸の味比べ、ですって？　ちょっと待ってください、桜屋は京からやってきたお店ですよ？　そんないかにも厄介ごとが起きそうな宴なんて……」

桜屋の女将のつんと取り澄ました顔が浮かぶ。

「ここの女将の気位が高いのは、客の皆が知っているさ。知っていてこそ、お江戸なんかにゃ決して負けまいとする京女の意地が小気味よくて、この店を贔屓にしているんだろう」

「それじゃあ、それこそ京のお茶が負けるわけにはいきませんよ」

「女将は間違いなくそう思うだろうな。雅の何たるかを知らないお江戸の田舎者の淹れる茶なぞに、伝統ある京の茶が負けるはずがない、とな」

一心がにやりと笑った。

「宴の趣向を聞いただけで、いったいその日その場で何が起きるのか、ぞくぞくするだろう？　これが、皆が求めている〝毒〟だ。大評判になるぞ！」

一心が「よしっ、これはいけるぞ」と小躍りして膝を叩いた。

「そ、そんな物騒な宴、嫌です。そんな提案をしたら女将さんだって気分を悪くするに違いありませんよ」

「いいえ、お気遣いは無用でございます」

廊下から響いた声に、藍はひっと息を呑んだ。

障子がすたんと素早く開いて、今までにないくらい優しそうな笑顔の女将が現れた。

この女将は、客間での一心と藍の会話をずっと廊下で息を潜めて聞いていたのだ、と気付く。ぽろりと奉公仕事の愚痴なぞ零さなくて、ほんとうに良かった。

「一心さまの閃き、素晴らしいです。京とお江戸の茶の味比べ、ぜひぜひ、大きく広めて花見の宴の目玉といたしましょう」

女将は若い娘のようにはしゃいだ様子で両手を合わせた。

「喜んでいただいて嬉しいです。さすが女将は、懐の深いお方だ」

「いいえ、背に腹はかえられませんわ。今の桜屋の懐は、五里霧中、四面楚歌、孤立無援でございますもの。お江戸贔屓の江戸っ子の皆さまに、京の味を知っていただくまたとない機会でございます」

畳みかけるような堅苦しい言葉に、わっ、と藍は身を強張らせた。女将は間違いなく怒っている。

「京の茶の味は、決してお江戸に負けるはずがないということですね。いやあ実に良い。商売というのはそうでなくてはいけません。どこかの甘ったれ娘に、爪の垢を煎じて飲ませたいものですな」

一心が大きく頷いた。

「それでは女将の承諾もいただけたところで。忖度なしの真剣勝負、ぜひともやらせていただきましょう。いやあ、楽しみ、楽しみ。お藍お嬢さん、どうぞ奮闘なさってくださいね。さすがに京のお味に勝てとは申しません。ですがあまりにも酷い負け方をしたら、千寿園の伯父さまたちにたっぷり叱られてしまいますよ」

「お手柔らかにお願いいたしますわ」

女将がくすっと笑った。

何よ、人のこと、まるで赤ん坊みたいに。

藍はむっとして一心を睨んだ。ふうっと大きく息を吐く。

あれ？

何かがおかしい。息が熱かった。

藍は耳に溜まった水を振り落とすように、微かに首を左右に振った。

目の前がぼんやりと靄が掛かって歪む。

ほんの先ほどまでとぜんぜん違う。

思わず己の首筋に掌を当ててみた。掌がひんやりと冷たい。冷たすぎて少し痛みを感じるくらいに。

違う、逆だ。首筋が熱くなっているのだ。

「おや？　お藍お嬢さん？　どうかされましたか？」

一心が怪訝そうな顔をした。

「い、いえ、何でもありません。闘茶の宴、お江戸の沽券を賭けて、しっかり役目を務めさせていただきます」

藍は無理に笑顔を作って立ち上がろうとした。と、頭が割れるように痛む。顔が歪んで膝から力が抜けてしまった。

「たいへん！　人を呼んで参りますわ！」

女将の声が遠くに聞こえた。

二

藍は薄っすらと目を開いた。

見慣れない天井だ。

ここはどこだろう、と己に問いかけてから、しばらくぼんやり考えて、駕籠に乗せられて伯父夫婦の家に運び込まれたのだと思い出す。どうにかこうにか己の足で駕籠に乗ったはずだが、道中のことは何も覚えていない。

「ああ、だから言わんこっちゃない。やはりお藍には、奉公仕事なんてはなからできるはずがなかったのさ。身体の具合が治ったら、お前から一心さまに上手く言ってやってくれ」

「身体の具合が治ったら、なんて、そんな簡単な話じゃありませんよ。お藍はひどい熱です。当分は休ませなくちゃいけません」

表で、伯父夫婦の困り切った声が聞こえた。

「……医者はもう呼んだのか？」

伯母に窘められて、伯父が少々臆したように訊く。

「ええ、もちろんですよ。ですが生憎先生は家を空けていて、戻るのは十日後になるとのことでした」

「十日後だって？　すぐに別の医者を探せ。ああ、こんなときに松次郎がいてくれたらなあ。まったく、あいつはいったいどこにいっちまったんだ」

まだ昼前なのだろう。屋敷の中では女中たちが駆け回る気配を感じ、千寿園で奉公人たちが働く声も遠くで聞こえる。

今日は普段よりも暖かいようだ。皆の声が明るい。

せっかくの一日なのに、身体がどこまでも重い。

長い間眠っていたはずなのに、ちっともよく眠れた気がしない。息が浅くて骨に力が入らない。

夜通し、うとうとと浅く眠ってははっと目覚めて、ということをひたすら繰り返していたせいだ。

酷く喉が渇く。枕元に水差しが置かれていると気付いて身体を起こす。

「痛っ……！」

思わず顔を顰めて呻いた。

身体じゅうの節々が鋭く痛む。まるでぴしゃりと叩かれた後のように、首元の筋が熱を帯びていた。

どうにかこうにか水を一口。少しも美味しくない。舌が腫れて膨れ上がっている。

私は桜屋の客間で、急に倒れてしまったのだ。

いつもは嫌味ばかり言う一心と、怖い桜屋の女将。そんな二人が揃って慌てた様子で介抱をしてくれた姿は覚えていた。

お万智、それに桜屋の皆は、今頃どうしているんだろう。

私がやるはずだった、お盆を右から左へ渡すだけのあの仕事。

小さな小さな仕事だったけれど、少しでも皆の役に立ちたくて奮闘していた。

今は誰が代わってくれているのだろう。少しずつコツを摑んで上手くなっていたところだったのに。

胸の内で唱えた途端、涙が出るような重苦しい怠さに襲われる。

背に漬物石をいくつも乗せられたような陰鬱な疲れが、身体に広がる。

ふいに喉元が苦しくなって、咳を一度、二度。

慌てて横になったが、いつまでも咳が止まらない。

「もう、情けないわ。どうしてこんなことになっちゃうの……」

天井を見つめて呟いた。

桜屋の奉公仕事にも夜型の生活にも少しずつ慣れて、せっかく張り切っていろんなことを進めようとしていたところだったのに。

これでは、どうしようもない役立たずだ。

やらなくてはいけないこと、やりたいことはたくさんあるのに。

この身体がどうしても動かない。ならば具合を治すには、ぐっすり眠ることがいちばんだ。そうわかっているのに今の私は眠ることさえもうまくできず、ぼんやりするにも身体が辛い。まさに身の置き所のない心持ちだ。

咳はまだ止まらない。咳をするたびに身体が跳ね上がって、ただでさえ疲れ切った身体がもっと萎れていく。

目に涙が浮かんできた。

今は身体を休めなくちゃ。

滋養のあるものを食べて、ぐっすり眠って、ただゆっくり身体を休めなくちゃ。

「もう寝なきゃ。おやすみなさい」

咳をしながら、無理に目を閉じた。

今、ここにねうがいてくれればどれほど心強いか、と思う。暖かい毛並みを撫(な)でて、その安らかな寝息を聞いていれば、すっと眠れるような気がした。

だがさすがのねうも、藍の家から千寿園の茶畑を横切って反対側にある伯父の屋敷までやってきてくれることはないだろう。

急にとても寂しくなった。

涙が後から後から流れ出す。

今この時に泣いたりなんてしたらもっと身体が疲れてしまうとわかっているのに、涙が止まらない。

「おとっつぁん、おっかさん、早く私の具合が良くなるように見守っていてね」

子供のように啜(すす)り泣きながら、両手を合わせて目を閉じた。

身体の具合が悪いというのは、ほんとうに寂しくて心細いものだ。

これまで味方であると信じ切っていた己の身体に、そっぽを向かれてしまったような気がする。

「にゃあ」

はっとした。慌てて涙を拭いて身体を起こす。

「ねう、嘘でしょう！」

枕元で、ねうが平気な顔で大あくびをしていた。

いったいこの屋敷のどこに抜け道があったのだろう。

熱のせいで夢をみているのではとぎょっとしたが、頭を撫でるとちゃんと温もりがある。ついでにお尻のあたりには、松次郎に作られた丸い禿がちゃんとある。

ねうは藍の驚いた顔に得意げに目を細めて、後ろ脚で首元をぽりぽり掻いた。

「来てくれたのね。ありがとう」

ほっと長い息を吐いたら、また涙がぽろりと落ちた。

ねうが枕元で丸くなる。

「あーお」

ねうが藍をまっすぐに見て、真面目な顔をする。

こうやって寝るんだぞ、わかるか？　とでも言ってくれているようだ。

「うん、わかったわ。少しでも寝なくちゃね。横になるのが辛くても、うまく眠れなくても、ちゃんと目を閉じなくちゃ」

藍は、うんっと大きく頷いた。

身体はどうしようもなく弱ってしまっているけれど、胸の中には小さな決意が灯(とも)る。

早く身体を治さなくちゃ。そうすることが今この時に真剣に打ち込まなくちゃいけない、私の仕事よ。

藍は目を閉じて横になった。咳が出る。息が苦しい。身体じゅうが痛い。でもどうにかして眠るために頑張ろう。

ねうがごろごろと喉を鳴らした。藍がうまく眠れるように応援してくれているのだ。

「ねう、ありがとう。頑張るわ」

藍はぎゅっと目を閉じて微笑(ほほえ)んだ。

三

ひどく咳き込んだり怖い夢を観て汗びっしょりになったりして寝苦しい夜を過ごした後、ずっと横になったまま再び朝が来た。

目を開けたそのときに、ほんの少しだけ身体がよくなっていると気付く。

まだ息苦しくて少しでも動こうとすると、身体が飛び上がるような咳が出る。だが、節々の強い痛みはなくなっていた。

ふらつく身体をどうにか起こす。恐る恐る目を巡らせると、昨日は顔を顰めるほど辛かった頭の痛みもほとんど消えていた。

峠を越えた、なんて大仰なことではないのかもしれない。だが、涙が出そうにほっとする心持ちだ。

このまま養生をすれば治りそうだ、とわかっただけで、胸に渦巻いていた不安が随分と楽になった。

「そうだ、ねう？　どこ？」

ねうが、一緒に寝てくれたおかげだ。

ありがとう、と存分に背を撫でてあげたいと見回すが、ねうの姿はどこにも見当たらない。

もしかして私が見たのは幻だったのかしら、なんて首を傾げていると、表で「にゃあ」と愛想良く鳴く声が聞こえた。

「あら、猫さん、こっちなの？　お藍にこれを届けて欲しいの……って、猫さんにそんなことお願いできないわよね。えっと、それじゃあ、内緒でちょっとだけ案内してくれるかしら？」

聞き覚えのある若い娘の声に、はっと目を見開く。

万智だ。万智がどうして千寿園に、と慌てて表に面した障子を開けた。

朝の光が勢いよく顔に当たり、思わず目を細める。

「お藍！　ここにいたのね！　猫さんの言ったとおりだわ！」

光の中で、万智が満面の笑みで大きく手を振った。

足元では、ねうが藍に得意げな流し目を向けている。

「お万智、嘘でしょう！」

藍は万智に負けず劣らず歓声を上げた。

と、勢いよく咳が出てしばらく続く。

「駄目よ、無理しないで」

万智が早足で駆け寄ると、藍の背を撫でた。

「平気よ。ありがとう、ちょっと驚きすぎちゃったわ。いったいどうしてここに……」

二人で顔を見合わせて、にっこり笑う。

「お藍のことが心配で、早起きしてお見舞いに来たの。女将さんの関わりのある家だと聞いていたから、それなりのお嬢さまだとは思っていたけれど。でもまさか、こんな立派なお屋敷で暮らしていたなんて知らなかったわ。私なんかがまっすぐに玄関先を訪ねたらけんもほろろに追い払われそうで、途方に暮れていたのよ。そうしたら、離れからこの猫さんが飛んできて、こっちだよ、こっちだよ、って必死に訴えかけてくるから」

矢継ぎ早に繰り出すお喋りは、まるで鈴の音が鳴っているように華やかだ。

だが藍はぎくりとする。

己の生まれが恵まれていることは思い知っていた。そのおかげで、この年になるまで喰うに困らず、懸命に働くことさえなく、のんびり暮らすことができていたのは間違いない。

長崎から逃げ戻ってきた松次郎の隠れ家暮らしを支えることができたのも、ぐっすり庵を手伝うことができたのも、千寿園の余裕ある暮らしのお陰だ。

だが目の前で生き生きと喋る、たくましくて心優しい友を前にすると、急にそんな己が恥ずかしくなった。

生まれたときから楽をしてきたせいで覚えずして身に沁み込んだ、甘ったれた我儘心に気付かされるのだ。

「ねえ、知ってた？　私、猫の言葉がわかるのよ」

「へっ？」

急に素っ頓狂な話をされて、藍は裏返った声で訊いた。

万智は、そんな藍のことを面白くてたまらないという顔をした。

「猫って、ほんとうは喋れるのよ。でも、口が小さくて舌も小さいでしょう？　わざわざ人の言葉を喋るのは疲れるから話してくれないだけなの。だから、そんなものぐさな猫のために、こっちが先回りしていろいろ訊いてあげるのよ。そうすれば猫は、「おーう」って答えるか、ぷいってそっぽを向くか、だけをすれば良いでしょう？」

万智はくくっと笑ってから「そうよね、猫さん？」とねうに語りかける。ねうは万智の顔をまっすぐに見て「おうおう！」と応えた。

「まあ、ねうったら」

藍は思わずぷっと噴き出した。

強張っていた胸の内がほんわりと解れていく。

「お藍の笑っている顔を見られてほっとしたわ。すぐに、おいとまするわね。まだもう少しゆっくり休んでちょうだいな。これ、お見舞いよ」

万智が掌に載るほどの小さな包みを手渡した。

「あら、もう？　少しでもゆっくりしていって欲しかったけれど」

そう言いつつ、まだ喉元には咳がじりじりと燻っているとわかる。少し無理をしたらまたすぐに身体が悪くなってしまうだろう。万智の気遣いが胸に沁みる。

「ありがとう、残念だけど、急いで桜屋に戻らなくちゃいけないの。このところ、お染ねえさんの恋衣に、みんなひやひやしているのよ」

「えっ？　お染ねえさんと定吉さん、何かあったの？」

声を潜めた。

女中仲間のうち、いちばん年上で頼りがいのある姐さん分の染の顔が思い浮かぶ。染が桜屋に出入りする米屋の御用聞き、定吉という男と良い仲になっているのは、奉公人の皆が知っていた。

定吉は見栄えの良い色男だ。

真冬でも浅黒い肌に鍛え上げた身体。力の強い男に特有の自負に満ちた得意げな顔つきなのに、細やかな気配りにも長けている。

見習いの小僧にお菓子をくれたり、重い品物をわざわざ奥まで運んでくれる気さくなところ。それに加えて人懐こい笑顔で、女ばかりではなく男にも人気がある。

そんな定吉と、しっかり者で艶っぽいお染ねえさん。

藍の目から見ても、とてもお似合いの二人だったが……。

「例の悪い癖が出ちゃったのよ。定吉、このままじゃ所帯を持つどころか仕事を失うかもしれないわ」

万智が藍と同じように声を潜めた。

例の悪い癖――。

「定吉さん、朝寝坊が治らないのね」

藍は、ああ、と呻いた。

「そう、いくら他のところが良い人でも、朝寝坊ひとつでぶち壊しよ」

万智が渋い顔で頷いた。

見栄えも良く心配りもできて、生き生きと働く気持ち良い男。

そんな定吉のたったひとつの悪い癖が、ひどい朝寝坊、ということなのだ。

商売人は、だらしなく二度寝を楽しむような性根をいちばん嫌う。

定吉はこれまで数度、寝坊をして約束どおりに御用聞きに現れないことがあった。

そのたびに染をはじめとする奉公人たちが一丸となって、女将に知られないように必死に隠してきたのだ。

奉公人たちは、二度目までは、何かの間違いだ、困ったときはお互いさまさ、定吉も仕方ないねえ、なんて苦笑いを浮かべていた。

だがそれが三度目を過ぎてからは、当然のことながら妙な雰囲気が漂うようになる。

「朝寝坊をされるのって嫌なものよね。なんだかこちらが馬鹿にされているみたいな気分になるもの。お染ねえさん、いくら定吉を好きだからって甘やかしすぎだわ」

万智が肩を竦めて苦笑いをした。

定吉の朝寝坊のせいで、染も桜屋の奉公人の間でいたたまれない想いをしているに違いなかった。

「ああ、人の恋衣の噂話って、ほんとうに楽しいわねえ。それじゃあお藍、またね。早く身体を治して戻ってきてちょうだいな」

万智は、再びとんぼ返りする長い道のりなぞ少しも苦ではない様子で、楽し気に手を振った。

四

万智の顔を見たらずいぶん気分が晴れて、身体の具合がぐんと良くなった気がした。

万智からもらった包みの中には、生姜飴が入っていた。

生姜の辛さがぴりりと効いた甘い飴を口に含むと、いつまでも喉のあたりで燻っていた咳がずいぶん楽になった。

「ほんとうにお世話になりました。ひとまず家に戻って、もうしばらく養生します」

もう少し、もう少しで医者がやってくるから、と引き留める伯父夫婦に礼を言って、茶畑の反対側にある生家に戻ってきた。

ほんの僅かな間、留守にしていただけだったが、床は埃っぽくて家の中は黴臭い。

掃除をしたくてたまらなかったが、今は無理をしてはいけないと己に言い聞かせて、誰もいない家で掻巻に包まって存分に眠った。

やはり自分の家というのは心から落ち着く。

至れり尽くせりで看病をしてもらった伯父夫婦の家にいたときよりも、ぐっすり深く眠ることができた。

次に目覚めたのは夕暮れだ。

「あ、よかった！」

身体を起こしてすぐに笑みが漏れた。

すっかり熱が下がったのがわかった。

汗が乾いた首筋を撫でて、軽くなった身体で立ち上がる。

「いけない、いったい私、どのくらいの間寝込んでいたのかしら」

やらなくてはいけない、やりたいと思っていたことが、次々に頭に浮かぶ。

身体の具合が悪い間は、まるで嫌な夢のようにぼんやりとしていた物事が急に澄んで見えた。

桜屋で倒れた刹那（せつな）の光景を思い出す。

そうだ、あのとき私は一心と女将と、桜屋の宴の大事な話をしていたのだ。

「闘茶ね……」

胸に燦然（さんぜん）と浮かぶ言葉に、口元を引き締めた。

ようやく目の前の出来事にしっかりと向き合うことができる体力が戻った。

京とお江戸のお茶比べ。それも、どちらが美味いかを決める真剣勝負だ。

「たいへん、こうしちゃいられないわ！」

陽(ひ)が落ちるまでにはまだ少しある。

身支度を整えているうちに、数回咳が出た。だが、これまでのように喉元にいつまでも留まって身体を揺らし続ける咳ではない。

藍はぐっすり庵へ向かう林の道へ駆けだした。

五

「兄さん、お久しぶり。私、ここしばらくはひどい目に遭ったのよ。風邪を引いて寝込んでいたの」

藍が声を掛けると、松次郎が「風邪だって?」と怪訝そうな顔をした。

膝の上では、ねうが何ともご機嫌な様子で松次郎に喉を撫でられている。

「具合はもういいのか? ねうにうつされてはかなわないぞ」

そんな憎まれ口を叩いて、ねうの鼻先を隠す真似をする。

「ええ、ずいぶん良くなったわ。熱も下がったし、怠さも頭や節の痛みもすっかり消えたわ」

と言ったそのとき、咳が数回出る。

「残っている症状は、ほんの少しの咳だけよ」

少々決まり悪い心持ちで、口元を袖で隠した。

「風邪は、引き始めと治りかけが肝心だぞ。そこでしっかりと養生しないと、いつまでも後に響く」

松次郎が医者の顔つきをした。

「わかっているの。でも、やらなくちゃいけないことが次々に思い浮かんじゃって、ゆっくり眠っているわけにはいかないわ。そうそう、今度、桜屋の花見の宴で、闘茶をやることになったのよ。兄さんが貸してくれた本に書いてあったでしょう？でもね、ただの闘茶じゃないの。京とお江戸の味比べなの！」

藍は一心と桜屋の女将との会話を、松次郎に説明した。

「味比べ、だって？　いかにも面倒な宴だな。人の舌が美味いと思うものなんて、生まれたところや育ちや暮らしで、皆が皆、違うものだろう。兄さんが長崎にいた頃は、皆が醬油(しょうゆ)に砂糖を入れてうまいうまいと言っていて腰を抜かしたぞ」

松次郎が長崎の醬油の味を思い出したように、何ともいえない顔をした。

「結局は、客が江戸っ子なら江戸前に、京の客なら京風に拵えておけばそれが美味いと言い出すに決まっているさ。桜屋の女将がそれをわかっていないはずはないんだけれどなあ……」

松次郎は首を捻る。

「桜屋の女将さんは、京のお茶の味を江戸っ子に知らしめる良い機会だと仰っているわ」

「何とも、たいへんな自負だな！　そうか、向こうがそれほどの気迫ならば、お藍、お前に勝ち目はない。せいぜい相手に恥を掻かせないように、奮闘の跡だけは見せておけよ」

「勝ち目はない、ですって？　何よそれ……」

藍は膨れっ面をした。兄さんまで、一心さんと同じようなことを言うんだから。

だが松次郎の先の言葉は胸に残った。

本来ならば、江戸っ子は江戸の味を、京の人は京の味を好むものなのだ。

女将はおそらく、珍しい者好きの江戸っ子がこんな味初めてだ、と大喜びするような、京の味への深いこだわりを知らしめるような、印象深いお茶を用意してくるに違いない。

ならば私はどうすれば良いか……。

頭を巡らせかけたところで、「先生、ぐっすり庵に患者さんがいらっしゃいましたよー」と、表から福郎の声が聞こえた。

「あっ、お藍さん、お久しぶりです。お見かけしない間、壮健に過ごされていましたか？」

福郎は背に籠（かご）を背負って庭先から顔を出した。ちょうど薪（まき）拾いから戻って来たところなのだろう。

「いいえ、それがね……。あら、いけない。私のことは後で話すわ。こんばんは、今日はどうされましたか？」

福郎の後に続いた体軀（たいく）の良い若者の姿に、あれっ、と思う。

「もしかして……」

「へっ？ 俺のことを知っているのかい？ 済まねえけど、あんたの顔に見覚えはねえなあ。前の仕事で、駕籠に乗っけたことがあるかい？」

きょとんとした顔で頭を掻いたのは、間違いなく桜屋の御用聞きで、染と良い仲である定吉だ。

こちらは定吉の朝寝坊の騒動を知っているが、定吉のほうは炊事場の隅っこで働いている藍のことは、目に入っていなくて当然だろう。

「い、いいえ。人違いでした」

慌てて首を大きく横に振る。

桜屋の人たちには、藍は千寿園からの奉公人ということになっている。林の奥でこっそりやっているぐっすり庵のことは知られてはいけない。

「人違いだって？　まあいいか。俺はここに大事な相談があって来たんだ。前の仕事でよく顔を出していた千住宿で、水茶屋のお久、って女に引き札を貰ったのさ」

定吉は驚くほどあっさり引き下がって、しゅんとしたように背を丸めた。

「今日はどうされましたか？」

うまく誤魔化せたのかどうか心許ない気持ちながら、気を取り直してもう一度訊く。

「起きれねえんだ。大の男が、十の男坊主みてえにしょっちゅう朝寝坊しちまうんだ。何とも情けねえ話だろう？」

藍に、松次郎に、怒られるとわかっている顔で肩を竦める。

定吉はこれまでいろんな場面で、さんざん寝坊を責められてきたのだろう。

「これを治せなかったら、俺は心底惚(ほ)れ込んだ女と別れなくちゃいけねえんだ。次に朝寝坊をしたらあんたには愛想を尽かす、って言われちまったんだよ」

定吉が苦し気に呻いて頭を抱えた。

やはりそのことか、と藍は密(ひそ)かに息を呑んだ。

六

「朝寝坊を治す良い方法は、二つあるぞ。一つ目は身体。二つ目は頭に効く」

「へえ、頭ってのは、なかなか物騒な話だね……。俺の頭の中には、そんなご大層なものは詰まっていねえなあ。身体に効く方法だけ教えてもらえたらありがてえや」

定吉は己のこめかみを指さしてから肩を竦めた。

「なら一つ目は、朝の光で身体を起こすことだ。人は生まれつき、明るくなると目が覚めて、暗くなると眠くなるものと決まっている。朝陽を浴びれば、勝手に身体が起きるようになっている」

己の昼夜逆転生活をすっかり棚に上げて、松次郎は真面目な顔で言った。

「朝の光、か。そりゃつまり、障子を開け放って、朝の光が真っ先に入る東側に頭を向けて寝ろ、ってことかい？」

定吉は身を乗り出して訊き返す。

「まさにその通りだ。察しが良いな。障子を開け放って東枕。それが早起きの基本だ」

松次郎が満足げに頷くと、膝の上のねうも定吉の頭の回りの速さに感心したように「きゅきゅっ」と鳴いた。

「俺はこれまで寝るときは雨戸を締め切って、とにかく真っ暗な部屋で寝ようとしていたよ。けど、障子を開け放ったんじゃあ、明け方あたりから眩しくて仕方がねえなあ。今の仕事は客商売の店が相手だから、朝五つくらいに起きられればいいんだけれどなあ……」

「我儘を言うな。その分、早く寝ればいいだろう。己のことを朝寝坊だと自覚しているなら、まずは早く寝ることが大事だ。今にも惚れた女に捨てられそうだ、なんてお前の切迫した話を聞けば、早起きを身に着けるまでの間は、夜遊びや逢引なんてしている場合じゃなさそうだ」

松次郎の言葉に、ねうが「そのとおり」という顔で深々と頷いた。

「……わかったよ。まずは早く寝ることを心がけなくちゃな。それじゃあ、障子を開け放って東枕。早速、家に戻って試してみるさ！　松次郎先生、ありがとうな！」

定吉は素早く立ち上がった。軽い足取りで立ち去りかける。

「ちょっと待ってください。定吉さん、先ほどの話だと、あと一度でも寝坊をしたら、惚れた人に振られてしまうと仰っていましたね？」

藍は定吉を呼び止めた。

「ああ、そうだよ。惚れた女にそう言い渡されているのさ。もう二度と失敗はできねえさ」

定吉が急に深刻な顔をする。

「ならば、先生のお話を最後まで聞きましょうよ。先ほど松次郎先生は、朝寝坊を治す方法は二つある、と仰っていましたよね？」

「ええっと、頭に効くとかいうあれかい？　俺はそういう男らしくねえ、気弱な女子供みてえな話はちょっと……」

定吉は身体自慢の壮健な若者らしく、少々恥ずかしそうな顔をする。

「眠りの悩みに、老若男女は関係ないぞ。だが当人が必要ないというならば、こちらはそれで一切構わない。なっ、ねう？」

松次郎がねうの額をごりごり撫でる。

「いいえ、先生、意地悪を言わずに教えて差し上げてくださいな。定吉さんも、そんなことを言わずに聞いてください。眠りには、頭や胸の内のことも大きく関わっているんです。気弱な女子供みたいな、なんて言い方は心外ですよ」

藍がきっぱり言うと、定吉は少々決まり悪そうな顔をした。

「そ、そうかい？　それじゃあ先生、二つ目の方法も、一応教えておいてくれよ」

「ああ、そうだな、一応教えておいてやろう。お藍に言われて、仕方なく、一応伝えるだけだから、試してもらわなくて私は少しも困らないからな」

もう、兄さん。もう少し言い方があるでしょう。

藍は松次郎をちらりと睨む。

人は本来ぐっすり眠るものだ。眠らなければ死んでしまう。

それなのに眠りに問題が起きるとき。ほとんどの場合は身体と心の二つの理由が隠れているのだ。

ぐっすり庵を訪れる人の中で、己の心の問題に気付いている人は少ない。特に物事を深く思い悩むことは格好悪い、と思い込んでいる定吉のような気質の男はなおさらだろう。

「寝る前に呪文を三回唱えるんだ。『俺は明日〇〇の刻に起きるぞ』とな」

「呪文だって？」

松次郎の言葉に、定吉が明らかに気の引けた顔をした。

「やりたくないなら、やらなくていいと言っているだろう」

松次郎がむっとした様子で、「さあ、今日の仕事は終わりだ。ねう、腹が減っただろう？　飯の用意をしてやろうな」なんてねうの耳元で囁く。

「先生、そんな奇妙な言い方では患者さんには伝わりませんよ。どうしてその呪文が効くのかを、きちんと説明して差し上げてくださいな」

藍に言われて、松次郎は渋々の様子で定吉に向き合った。

「人、そして獣も皆、眠る直前の記憶がいちばん頭の奥に残る。寝る前に頭に入った出来事は、眠っている間じゅう胸に刻まれているんだ。なぜかわかるか？」

「眠っている間は余計なことを考える間がなく、頭を休ませることができるから、ですかね？」

定吉が首を捻った。

「ああ、もちろんそれもある。だが、いちばんの理由は、獣が寝ている姿を見ればわかるはずだ」

松次郎が〝獣〟なんて物騒な言い方で、膝の上でうとうとするねうを指さした。

ねうはぐっすり寝込んでいて、今にも松次郎の膝の上から落ちそうだ。

「こちらは眠り猫のねうだ。ねう、気持ちよく寝始めたところすまないが、協力を頼むぞ」

松次郎がそっと腰を上げると、ねうはまるで水飴のようにだらりと畳の上に落ちる。

眠そうに目をしばたたかせて松次郎を見上げると、「何するんだ」というように不満げな声で「ううう？」と鳴いた。

「これが、どうしたんですかい？」

　定吉が不思議そうな顔をする。

「見ただろう？　ねうは、畳の上にだらりと落ちても少しも慌てることがなかった。これが木の上だったら、塀の端だったら、落っこちたら大ごとだ。つまり、寝る直前に己がどこで、どんな状況で眠っていたかを、己でも気付かないところできちんと覚えているんだ」

　松次郎がねうの脳天を誇らしげに指さした。

「生き物は眠らなくては生きていけない。たとえ、戦で敵に追われて命を脅かされている最中でさえも、体力の限界を迎えたら眠らなくてはいけない。そんなときでも起きてすぐに目の前の出来事に対応できるように、眠る直前の記憶は胸の奥に定着するようになっているんだ」

「へえ、それじゃあ、眠る前に己に『俺は明日〇〇の刻に起きるぞ』と言い聞かせたら、頭がそれをしっかり記憶するってことですね？」

「ああ、そうだ。ついでに『起きられなかったら、惚れた女に捨てられちまうぞ』

と言って脅かしてやってもいいかもしれないな」

「もう、先生、それはふざけすぎです。常日頃から、寝る前は心穏やかに、と仰っているでしょう？　定吉さん、もし言うならば『早起きできたら、お染が喜ぶぞ』って、前向きな言葉にしてくださいな」

藍はぽろりと染の名を零してしまってから、あっと思った。

慌てて定吉の顔を窺う。

「そうか！　今の説明ですっかり合点が行ったさ！　変な顔をして悪かったね。松次郎先生、お藍さん、ありがとな！」

定吉は己の朝寝坊のことで頭がいっぱいのようで、藍の失言には気付かなかったようだ。

藍はやれやれとこっそり息を吐いた。

七

それから数日、できる限り養生しつつ、家で松次郎から借りた本を読んだり、お茶の淹れ方を考えたりして過ごした。

途中で伯父夫婦が呼んでくれた医者がようやくやってきたが、「もう心配はいりませんね」なんてわかり切っていることを一言だけ言って帰って行った。

やはり一休みのお茶は、松次郎と福郎と一緒に飲んだほうがずっと楽しい。

だがぐっすり庵に行ってお喋り（しゃべ）りばかりしてしまったら養生していることにならないわ、と己に言い聞かせて、ひとりで静かに過ごした。

そのうち次第に身体に力が漲（みなぎ）って、この生活が退屈になってきた。

桜屋の炊事場の賑やかさが懐かしくてたまらない。

「伯父さん、お重さん、ご心配をお掛けしました。もう十分に養生しましたので、私、月初めから桜屋に戻ります」

伯父夫婦にそう報告してからは、身体に力を付けるため、できる限り散歩をしたり家のことをしたりするようにした。

最初はほんの四半刻（しはんとき）の散歩で息が切れてしまい驚いたが、藍の若い身体はあっという間に普段の調子を取り戻した。

月初めまでもうあと二日という朝。藍が雑草だらけになってしまった庭木の手入れをしていると、庭先に懐かしい声が響いた。

「お藍！　まあ、ずいぶんと顔色も良くなって！　ほっとしたわ」

「お万智！」

背の高い枯れた雑草の陰からひょこりと顔を見せたのは、万智だ。

「来てくれたのね。ありがとう。お万智からもらった生姜飴、すごくよく効いたわ」

辛くて甘い生姜飴の優しい味を思い出して、頰が緩む。

「そうだと思ったわ！　うちの婆さまが作ってくれたのよ。咳止めにはあれがいちばんでしょ？　その顔つきなら、そろそろ桜屋に戻って来れそうね」

「ええ、ちょうど月初めには戻ろうと思っていたところよ」

「やった！　あとほんの数日ね」

二人でにっこり笑った。

「そういえば、私がいない間に、お染ねえさんと定吉さんはどうしていた？　定吉さん、きちんと朝起きられるようになったのかしら？」

さりげなく訊いた。

「そうそう、その話！　定吉、嘘みたいに朝寝坊が治ったのよ！　とはいっても、まだ十日も続いていないから、治った、って言うのは早いかもしれないけれど」

「そうなのね！　定吉さん、よかった！　お染ねえさんも喜んでいるでしょう？」

　心の中で思わずよしっ、と拳を握る。

　松次郎が教えた方法が効いているに違いない。

「それが、そんなに簡単に、よかった、ってわけにはいかないのよ。お染ねえさんは、定吉のことをすごく案じているわ」

「えっ？　どういうこと？」

　万智の難しい顔に、藍はぎくりとした。

「定吉、確かに朝寝坊はしなくなったわ。約束通りの刻にきちんと桜屋に来るようになって、みんなほっとしている。でもね、すごく顔色が悪いの。頬は窶れて、目元には大きな隈と皺がたくさん。おまけに、これまでの定吉って、とっても気が利いて愛想が良かったでしょう？　それが嘘みたいに暗い調子で苛ついてばかりいるの」

「そ、そんな……」

藍が頭を抱えて呟くと、万智もそれに倣うように眉間(みけん)に拳を当てた。

「せっかく悪い癖が治ったのに、人が変わったようになっちゃったの。お染ねえさんは、このままじゃ定吉が倒れるんじゃないか、って心配しているわ。でも、朝にきちんと起きたら身体を壊して倒れちまう、なんて男が亭主じゃあ、どう考えても幸せにはなれないわよね。いくら見栄えが良くて力自慢の男だって、そんな情けない奴と所帯を持つわけにはいかないわ」

「……きっと、定吉さん、眠れていないんだわ」

藍は呟いた。

顔色が悪く、頬は窶れて、目元には大きな隈と皺がたくさん。

まさに眠りに問題を抱えている人の姿だ。

「ねえ、お万智、もしも定吉さんに会う機会があったら伝えて欲しいの。『もう一度だけ、眠り猫に会いに行ってください』って」

「えっ？　お藍、定吉と知り合いだったの？」

万智が呆気(あっけ)に取られた顔をした。

「向こうは、私のことを覚えていないわ。そうでなくちゃ困るの。でもこのままじゃ、定吉さん、本当に身体を壊しちゃう。あんなに好いているお染ねえさんと所帯を持つこともできなくなっちゃうわ」

定吉は染のことを〝心底惚れ込んだ女〟と言っていた。

せっかくぐっすり庵を頼ってきてくれた定吉が身体を壊し、二人が別れてしまうような結末は耐えられない。

「え、ええ。そうね。お染ねえさんだって、定吉のことをすごく好いているには違いないけれど……」

万智は少々戸惑った顔をしてから、ふいに、すべて合点したように頷いた。

「いいわ。お藍がそんなに真剣な顔をするには理由があるんでしょう。野暮な詮索はしないことにするわ。定吉への伝言、任せておいて！」

「お万智、ありがとう！　恩に着るわ！」

藍は拝むような心持ちで両手を合わせた。

八

「福郎くん、定吉さんはまだ来ていない？」

もう明日には、藍は桜屋に戻らなくてはいけない。

ぐっすり庵に着いて開口一番藍が訊くと、廊下へ飛び出してきた福郎は真面目な面持ちで「いいえ、まだいらしてはいません」と首を横に振った。

あれからすぐに定吉の状況を伝えてあったので、福郎は「眠りの問題は、先延ばしすればするだけよくないはずですが……」と憂慮顔だ。

福郎の着物に白い毛がたくさん付いている。

「まあ、二人とも、今日もまたねうにちょっかいを出しているの？」

眉を顰めて、庭に面した部屋を覗く。

松次郎がねうを抱いて、手にがらがらを握って子守唄を歌っていた。大きめの風呂敷で赤ん坊のおくるみのように包まれたねうが、心底迷惑そうな顔をしてこちらに助けを求める目を向けた。

藍の姿を見た松次郎は、まずい、という顔で目を逸らした。

「兄さん、何をしているんですか？　赤ん坊ごっこなんてしてて。ねうが嫌がっているのがわからないの？」

両腕を腰に当てて問い詰める。

「嫌がってなんかいないさ。ねうは、半刻の猫じゃらし遊びと煮干し五匹と引き換えに、私の大切な研究に付き合ってくれているんだ。なあ、ねう？　ああっ！　そんな！」

びりっと鋭い音が響き渡った。

ねうが力いっぱい暴れて、風呂敷を破いてしまったのだ。

腕から飛び降りたねうは、流し目でちらりと松次郎を睨んだ。

思い知ったか、というように「うおっ」と一声鳴き、素早い足取りで廊下へ消えてしまった。

「あーあ。綺麗な風呂敷が、こんなになっちゃって。風呂敷は繕うのがたいへんなのよ」

かつて母の喜代が使っていた薄紫色の風呂敷だ。

「破いたのは俺じゃない、ねうだ」

松次郎が決まり悪そうな顔をする。

「おくるみになんて巻かなくったって、ねうはいつでもどこでもことんと眠ることができる眠り猫でしょう？」

「ねうは眠り猫、そんなことはとっくにわかっているさ。兄さんは、ねうを眠らせようとしているわけじゃないぞ。ねうの持つ力のほうを研究しているんだ」

「人を眠らせる力、のこと？」

松次郎が頷いた。

「松次郎先生は、ねうが人を眠らせることができる理由を探っていらっしゃるのです。研究のためには、一見馬鹿らしいことでも、すべて試してみなくてはいけません。ということで先ほどは、二人で四つん這いになってねうの後を追いかけて、ねうの一挙一動すべてを物真似してみました。さすがに長く続けると首が痛くなりました」

福郎が、手を猫のように握って顔を洗う真似をしてみせた。

そのとき、表で声が聞こえた。

「……おーい」

力の抜けた男の声に、はっとする。

庭先から歩くのもやっとという様子でよろよろと現れたのは、思ったとおり定吉だ。

まだまだ寒い時期だというのに、夏場の日焼けのように肌が黒ずんでいる。ひどく顔色が悪いのだ。

「定吉さん、お万智から話は聞いています。朝寝坊は治ったけれど、身体の具合は良くないということですね」

藍は今にも倒れそうにふらついている定吉に駆け寄った。

「えっと、あんたはいったい誰だ？　それにお万智はどうして眠り猫のことを知っている？　この俺が話したのか？　いや、こんな情けねえこと、お染にでさえ話してねえはずだったけれど、それは思い違いか？　ああ、頭がごちゃごちゃする……」

定吉が目元が落ちくぼんだ顔で、頭を掻きむしった。

「まさに眠れていない姿だな。人は眠れなくて身体が疲れると、記憶がめちゃくちゃになって、何が嘘だか本当だか、夢だかうつつだかもわからなくなる」

松次郎が興味深そうに定吉を眺める。

「以前、ここへ来たときは、眠れないという話は少しもしていなかったな。だが気になってはいたんだ。定吉は、〝雨戸を締め切って真っ暗な中で寝ている〟と言っていた。女のひとり暮らしの用心ならばともかく、独り身の男には珍しい」

「ああ、そうだよ。俺は今の仕事を始めてから、夜、あまりうまく寝付けねえ気質になっちまったんだ。松次郎先生も、気付いていたなら教えてくれたって……」

定吉は恨みがましい顔をする。

「眠りは、頭に関わりがあると言っただろう。こちらから『お前は眠れていないのか？』なんて訊いて、当人もさほど憂慮していないものをわざわざ気にさせてしまったら面倒だ。そうでなくても医者の仕事では、先回りしての気遣いは、余計なお世話と煙(けむ)たがられるって決まりさ。福郎、ここは大事なところだ。帳面に書いておけよ」

「はいっ！　『先回りの気遣いは、余計なお世話』っと……」

福郎が帳面にさらさらと筆を走らせる。

「よしよし、それが終わったら、ねうを探してきてくれ。どうにかして宥めすかしてここへ戻ってきてもらえ。一刻も早く、すぐにだぞ。その間に少し定吉の話を聞かせてもらおうか」

松次郎は、廊下の奥にちらちらと目を向けながら定吉に向き合った。

今まさにねうの力を必要としているところで、ねうの機嫌を損ねてしまったことを気にしているに違いない。

「先ほどの話に戻ろうか。眠れなくなったのは、仕事を変わってからなんだな？」

「ええ、俺は十五からずっと駕籠舁きをしていたんだけどね、一年ほど前に相撲取りを乗っけて足を滑らせたのをきっかけに、首筋を傷めちまったんだ。担ぎ棒を肩に載せるだけで脳天までびりびり痛む、ってんで駕籠舁きの仕事が続けられなくなっちまったんだよ」

「首筋か。厄介だな。今はどうなっている？」

「傷めてしばらくは痛みがあったよ。けど、今では担ぎ棒みてえな重いものを長い間肩に載せなけりゃ、どうってことはねえよ。御用聞きの仕事での荷運びがいくらあったって、この俺なら軽々さ。やはり駕籠舁きと御用聞き、じゃあ身体の使い方がまったく違うからねえ」

「そうか、ならば、そのときの首の傷がとがめたというわけではなさそうだな」

松次郎が天井を見つめてふむふむと頷く。

「惚れた女というのは、御用聞きの仕事で出会ったんだな？」

「ああ、そうだよ。お染とは桜屋で出会ってすぐに気が合ったんだ。正月で里に帰るってときにこっそり二人で示し合わせて俺の部屋で過ごして、そこで先行きを約束したのさ」

定吉の頬が緩んだ。

「にやけた顔をするな。気味が悪いぞ。幸せそうで何よりだ」

松次郎は辟易（へきえき）した顔をしてから、ふと、首を傾（かし）げた。

「夜に働く女中と朝寝坊の定吉とが同じ部屋に泊まって、お互いうまく眠れたのか？　おっとくれぐれも下世話な惚気（のろけ）話は聞きたくないぞ。私は医者として訊いている」

「へっ？」

定吉はきょとんとした顔をしてから、目を泳がせた。ぽっと頬を染める。

「え、ええ。お互いよく眠れたさ。お染が一緒に暮らしてさえくれりゃ、俺は夜もしっかり眠れて、朝寝坊だって決してしねえんだ。何とかしてそこに辿り着かなくちゃいけねえんだけれど……」

「先生、ねうさんがいらっしゃいました！」

福郎の声が響き渡った。

廊下から素早く滑り込んできた福郎が、「さ、さ、こちらへどうぞいらっしゃいませ」なんて旅館の主人のように慇懃な笑顔でぺこぺこ頭を下げる。

しばらくして、これまでにないくらい機嫌の悪い顔をしたねうが、のしのしと音が響くような足取りで部屋に入ってきた。

「先生、ねうさんは先ほどの仕打ちをまだ怒っていらっしゃいます。くれぐれも失礼のないようにお願いいたします」

福郎が囁く。

「ねう……さんか。これはこれは、お待ち申し上げていたぞ」

松次郎が調子を合わせると、ねうはいかにも偉そうに「にゃっ」と太い声で鳴いて、まっすぐに定吉の前に歩み寄った。

「定吉、こちらは眠り猫のねうさんだ。眠りに悩みを抱えている者が触れば、たちまち眠くなるという、有難い有難いお猫さまなんだ」

「眠くなる猫、だって？」

定吉は急にふざけた調子になった松次郎に、不審げな目を向けた。

「えっと、松次郎先生のこの態度には、少々複雑な事情がありまして。ですが言っていることは怪しいですがすべてほんとうです。ねうを撫でれば、どんな人でもたちまち眠ってしまうんです。どうぞ、やってみてくださいな」

藍は助け舟を出した。

「この猫を撫でればすぐに眠れる、ってのかい？　そんなうまい話が……」

定吉はねうの背にちょいと触れた。

ねうが、もっとちゃんと撫でろというように「ぐふっ」と喉を鳴らす。

「わかった、わかったよ。猫ってのは、ずいぶんとあったかいもんだなあ」

定吉が大きな掌で、ねうの毛並みを撫でた。二度、三度。

「あれっ？　おかしいな」

ふわっと大きなあくびをしたかと思うと、定吉はその場にだらしなく崩れ落ちた。

九

ぐっすり庵に定吉の鼾が響き渡る。手はねうの背に添えられたままだ。

ねうは定吉と一緒にうつらうつらしながら、時折目を覚ましては、藍と松次郎を交互に見て得意げな顔をした。

「まったく、ねうさまさまだな。ねう……さんの手にかかれば、どれほど眠れない患者でもあっという間に夢の中だ」

松次郎が言うと、ねうが今にも眠りに落ちそうな半開きの目をして「なっ」と鳴いた。

定吉が寝がえりを打つ。己の腹をぼりぼりぼりと掻いた。乱暴な仕草だったためか、着物の襟元がひどく乱れる。

「まあ、定吉さん、お腹が出ているわ。風邪を引いたらたいへんね。搔巻を持ってくるわ」

ずいぶん寝相が悪いようだ。藍は腰を浮かせた。

「いや、ちょっと待て」

松次郎が呼び止めた。

「お藍、この定吉の身体をどう思う？　よく見てみろ」

「えっ？　どう思う、って……。力自慢の若い男の人らしい身体だと思うけど。やだ、兄さん、あんまりじろじろ見たら失礼よ」

言われてみて改めて目を向けると、定吉は、なるほどずいぶんと鍛え上げた身体をしている。

全身の力を抜いてぐっすり眠っているはずのときでも、腕の筋は張り、腹の筋は六つに割れて、首筋には幾本も線が走る。

傍らの青白い顔をした松次郎と比べると、狆と狼、仔猫と虎、くらいの違いのある逞しい身体だ。

「……お藍、何で顔を赤くしているんだ。俺は真面目な話をしているんだぞ」

「顔を赤くなんてしていません！　変なことを言わないで！」

藍は大きく首を横に振って、松次郎を睨んだ。

そのとき、定吉がうーんと唸って目を擦った。

大あくびを一つして、目を開ける。

「あれ？　今、何時だ？」

驚いた様子で飛び上がってから、松次郎と藍の顔を見てはっと思い出した顔をした。

「ことんと眠っちまったよ」

照れくさそうに頭を掻いた。

「定吉、お前が眠っている間に、身体を診させてもらった」

松次郎に言われて、定吉は「えっ、どこか悪いところが見つかったかい？」と不安げな顔をした。

「いや、見たところでは至って壮健な身体だ。相当筋を鍛え上げた立派な体軀だな」

「立派な体軀だって？」

定吉が目を丸くして得意げに笑った。

「いやあ、医者の先生にそう言われると嬉しいもんだねえ。この身体は俺の自慢だよ。暑い日も寒い日も、毎日朝から晩まで駕籠舁きの仕事で鍛えてこなくちゃ、こうはならねえぜ。けどな、これでもずいぶんしょぼくれちまったんだぜ。駕籠舁きの真っ最中には、力こぶが今の倍はあったんだ。見てもらいたかったよ」

定吉が己の腕のあたりを叩いてみせた。

「だがおそらく定吉がうまく眠れないのは、そしてすっきりと起きることができなかったのは、その身体のせいだ」

松次郎がきっぱりと言った。

「えっ？」

定吉が怪訝な顔をした。

「その身体は確かに見事だ。だが、度を越して鍛えすぎだ。人の身体は牛や馬とは違う。壮健な身体のためには、壮健な眠りのためには、無駄な肉といわれる脂肪が必ずなくてはいけないんだ」

「脂肪ってのは、赤ん坊の尻っぺたみてえなあれですかい？　それだったら、このところ急に腹のあたりに……」

定吉が居心悪そうな顔をして腹を掻いた。

先ほど横になっていたときには少しも目立たなかったが、今座っている定吉の腹のあたりには、確かに薄っすらと、傍目からはわからない程度の肉が付いているようにも見える。

「定吉、そのまま手を止めろ」

「へっ？」

定吉がきょとんとした顔で動きを止める。

「今触っているお前の腹は、熱いか？　冷たいか？」

定吉が不思議そうな様子で、己の腹を〝のの字〟に撫でた。

「えっと、ちょっと冷えているな。腹を出して寝ちまったせいかね。自分では何とも感じねえけどな」

「ならば、首元はどうだ？　おでこは？　頭のてっぺんは？」

定吉は慌てて、松次郎に言われるままに次々と身体に手を当てる。

「いや、こっちは別に冷えちゃいないね。普段と変わらずあったけえや」

「ならば、足首は？　爪先は？　頬は？」

松次郎は矢継ぎ早に尋ねる。

「おっと、ちょっと待ってくれよ。えっと、足首は平気そうだけれど、爪先は冷たいねえ」

「ならばそこを温めるんだ。毎晩、眠る前に身体じゅうに手を当てて、どこか冷えたところがないか探すんだ。身体の中で他より冷えた部分というのは、他より血の巡りが悪くなっているところだ。そこを温めることで、きっと身体と心がほぐれて、ぐっすり眠れるようになるはずだ」

「へえ……。冷たいところを温めるんだね。でもいったい、どうして身体の中で冷たいところなんかができちまうんだい？　腹の肉と関係あるのかい？」

「そうだ、身体の中で脂肪の厚い部分は冷えやすい。それに加えて、これまで過酷なまでに身体を鍛えていた者が急に動く量が減って肉が付いた場合は、酷い冷え性になりやすいんだ」

「じゃあ、俺が御用聞きの仕事に変わったあたりから眠れなくなっている、ってのは……」

「急に動く量が変わったこと、それに身体に肉がついて昔よりも冷えるようになったせいだろうな」

松次郎が頷いた。

「長い間培ってきた習慣を変えるときは、少しずつ身体を慣らさなくてはいけないんだ。いくら仕事を変えたからといって、身体ってのは言い聞かせて納得してくれるもんでもないからな。急に動く量が減ったことで身体が驚いて脂肪を溜め込んで、太り過ぎてしまうこともあるんだぞ」

「なら、少しは走るようにしたほうがいいのかね？　実はこのところ身体が鈍（なま）っちまって、鬱々とした気分になるときもあったんだよ」

「そうだな。そうやって徐々に、身体を今の仕事の動く量に慣らしていくのが良いはずだな」

「わかりましたよっ！　早速、今夜からやってみるさ！」

定吉がぴしゃりと膝を叩いた。

「お藍さん、ありがとうな。あんた、もう身体の調子はいいのかい？　己の具合が悪いのに、俺のことなんかを気にかけてくれて感謝するよ」

えっ、と藍は呆気に取られた。

定吉は、藍が桜屋の見習い女中だということにとっくの昔から気付いていたのだ。

「え、ええ。もうすっかり良くなりました。明日から、桜屋に戻ろうと思っています」

このことはどうか皆には黙っていてくださいな、と言いかけて、定吉の目配せに気付く。

「明日か。ちょうどいいや。明日、俺がどんな顔で桜屋に顔を出すか見ていておくれよ」

定吉は両拳を握って、気合を入れ直すように頷いた。

「……はいっ！　ではまた明日。お互い明日から頑張りましょう！」

藍も同じ顔をして大きく頷いた。

久しぶりの桜屋に戻るのが、心から待ち遠しかった。

十

朝五つの鐘の鳴る頃、藍が桜屋に辿り着くと、ちょうど奉公人たちが身支度を終えて仕込み仕事を始めようとするところだった。

「お藍、具合はもういいのかい？　心配したんだよ」

出迎えてくれた染の後ろで、万智が小さく手を振った。

「ええ、ご迷惑をお掛けしました。これからもっともっと頑張ります。どうぞよろしくお願いします」

半月近くを養生して無駄にしてしまった。

情けないことこの上ないが、それを嘆いていても今さらどうすることもできない。とにかく気持ちを切り替えて、今できることに取り組むしかない。

「良かった、身体がいちばん大事だよ。よく寝てよく食べて、しっかり奮闘しておくんなさいな」

年上らしく諭す染の目が、微かに藍の背後を泳いだ。

定吉を探しているのだ。

女将が炊事場に顔を出す刻までには、御用聞きは注文を終えて今日の品物を運び込んでいなくてはいけないという決まりだ。

このところ定吉は、朝寝坊はなく約束通りに顔を出していると万智から聞いていた。だがその分、傍目からもわかるほど気が立って具合が悪そうな様子を見せていたという。

染の憂慮はよくわかった。

「おはよう！」

炊事場に明るい声が響き渡って、染が勢いよく顔を向けた。

勝手口のところで、定吉が気力の漲った顔で染に向かって手を上げた。

「定吉、あんた……」

染は一目で定吉の違いに気付いたのだろう。

あっという間に目に涙を溜めている。

「おう、定吉、今日は調子が良さそうだな」

奉公人の男に声を掛けられて、定吉は「今日だけじゃねえぜ。これからずっとさ」と照れ臭そうに笑った。

早速、米俵を担いで荷を運び込む。

「定吉、眠れるようになったんだね。それに朝寝坊もなくなった。いったい何をどうやったんだい？」

染の囁き声。

「……眠り猫のお陰だよ」

定吉が藍のほうをちらりと見て笑った。

「眠り猫……！」

万智が、素早く藍に顔を向けた。

染が不思議そうな顔で振り返る。

「お藍、もしかしてこの人が世話になったのかい？」

「え、えっと……」

どう答えたら良いかわからずしどろもどろになっていると。

「そうさ、お藍と眠り猫は、俺の、俺たちの恩人さ」

定吉が染の肩を抱いて言った。

藍にだけわかるように、申し訳なさそうに目配せをする。松次郎の名をわざと隠してくれているのだ。

染はしばらく怪訝そうな顔で、定吉と藍を見比べていた。

「わかったよ。お藍、あんた、何か訳ありなんだね」

ふいに合点した顔をして頷く。

「この恩は忘れないさ。花見の席の闘茶の宴、私はあんたに付くよ。ぜひとも力にならせておくれよ」

「ええっ？」

藍は目を丸くした。

藍が桜の宴のために桜屋で奉公修業をしていることが、とっくに知られていたなんて。

「もしかして皆さんも知っていたの？」

慌てて周囲を見回すと、奉公人の皆が当然の顔で頷いている。

「桜屋の女将と、茶の味で闘おうって話だろう？　あんたみたいな小娘にはなから勝ち目はないと思って、みんなで暖かく見守っていたつもりだったけれどねえ」

染が済まなそうに肩を竦めた。

「けど、お藍と、その眠り猫の話を聞いていたら、がぜん楽しみになってきたよ。あんただったら、あの女将の鼻を明かしてやることができるかもしれないさ。ね、定吉？」

染と定吉は頷き合った。

「あの女将は、はなから京がお江戸に負けるはずがない、って気位の高さがいつだって透けて見えるような人でね。いつまでもあんな心持ちでいたら、最初はよくてもいずれはお江戸の皆にそっぽを向かれるに違いない、って奉公人の皆が思っていたのさ」

「お藍、あんたが女将に、お江戸の茶の味を認めさせてよ！　そうすればきっと桜屋は、これまでとは違った良い店に変わっていくはずよ！　私たち、協力するわ！」

万智が声を上げた。

女中たちが、そうだそうだ、と喝采する。

たいへんなことになってきたぞ。

藍はこっそり息を吐くと、両手をぎゅっと握り締めた。

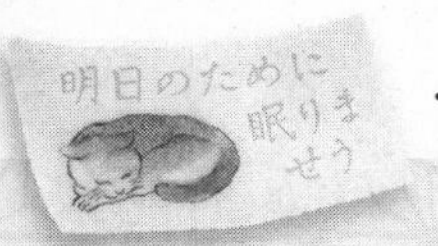

その弐

朝型と夜型、あなたはどっち？

夜になると手元も見えないほど真っ暗になる江戸時代の人たちにとって、人間は昼に動いて夜に眠るものだ、というのは誰もが頷く共通認識でした。

　現代でも朝早く起きて活動することが〝朝活〟とお洒落に紹介される一方で、夜に集中するのが好きな人は〝夜更かし〟なんてあまり良くない言われ方をされてしまうこともあります。

　ところで、人間が時間の経過を認識する体内時計は二十五時間周期になっていて、毎日一時間ずつ狂ってしまっている、という説を聞いたことがあるでしょうか？

　昼間に太陽の光を浴びて適度に身体を動かす健康的な生活をしていれば、その一時間は自然に調整されます。しかし、一日中パソコンの前に座り続けたりなどの不健康な生活を送っていると、体内時計は次第に狂って夜型になってしまうと信じられてきました。

　ですが最近の研究では、朝型、夜型とは個人の遺伝子が関係しているのではという説が現れ始めています。

　バランスの取れた食事に適度な運動と日光浴、と健康に気を配った上でそれでも治らない夜型生活ならば、それがその人の体質に合っているのだから無理に治そうとする必要はない、という説です。

　仕事や育児、介護などで不規則な生活をしなくてはいけない時期も、「人間は朝型の暮らしをしなくてはいけない」という思い込みから離れてみると、案外ぐっすり眠れるかもしれませんね。

第三章　ふくよかな占い師

一

外では陽がすっかり高くなっている。

遅い朝飯を囲みながら、女中たち皆でひそひそ話の真っ最中だ。

「お藍、いいかい？　戦ってのは、ただ己で勝手に身体を鍛えて、闇雲に刀をぶん回しているだけじゃ勝てるはずがないんだよ。勝つために必要なのは、相手を知ることさ」

染の言葉に、年少の女中たちがうんうんと頷く。

「相手を知ること……。確かにそのとおりですね。私は、桜屋の京の味について少しも学ぼうとしていませんでした」

藍は己の胸に言い聞かせるように答えた。

はなから勝てるはずがない、なんて一心に意地悪を言われたことが堪えていたのだろう。これまでの藍は、せめても恥ずかしい負け方をしないようにと、手前勝手にひとりで研究ばかりをしていた。

だが考えてみれば染の言うことはもっともだ。

闘いには相手がいる。これは単なる己の力試しではない。

客たちは、藍がどれほどの力があるのかが知りたいというわけではない。桜屋で開かれる闘茶の宴を、胸を躍らせて楽しみたいのだ。

「もし良かったら、私が思ったことを話してもいいかい？」

染が遠慮がちに、でも話したくて堪らなそうな顔をした。

「ええ、もちろんです！　京の味について知っていることを、どうぞ教えてください」

藍は染に向かって深々と頭を下げた。

「それじゃあ言わせてもらうけれどね、京の持つ歴史ってのは、やはり只事じゃないよ。どんな味付けをしても、必ずその食材の味が際立って、生のまま齧るよりもずっと香りが深いのさ。それに比べると、お江戸の味はそこに集う人と同じでまさにごった煮さ。雑で適当で大味の、とにかく塩辛いもんばかりだよ」

ずいぶんな言いようだ。

藍は思わずきょとんとしてから、染の真面目な顔に気付いて先を待つ。

「だけどね、そんな醤油のごった煮で育った私たちからしたら、京の取り澄ました味ってのは大して美味しくは感じないね。京の料理は香り高い、なんて有難がられているけれど、菜の青臭い匂いや出汁の昆布の味が鼻につく気分になったりもするさ」

人は己が生まれ育ったところの味がいちばんということか。

松次郎も同じようなことを言っていた。

「けどね、ここからが肝心だ。桜屋の闘茶の宴には、京ぐるいの仁左衛門が出るらしいじゃないか。あの男は厄介だよ。すごくすごく厄介だ」

「〝京ぐるい〟ですか……?」

染によれば、〝京ぐるいの仁左衛門〟とは、紙問屋の大店のぶらぶらしている次男坊だという。

遊びに出かけた京の町でその美しさに惚れ込んでしまい、しょっちゅう京に出かけては京の土産を買い漁っているらしい。

着物や香の流行に耽溺するのはもちろんのこと、お江戸で誰かと会食するといえば京からやってきた店しか選ばない。中でも桜屋のことはずいぶん贔屓にしているお得意さんだという。

「生粋の江戸っ子のくせに京狂い、ってのは、相当ひねくれた相手だよ。お藍が甘っちょろい江戸の風情を強調したんじゃ、かえって痛い目を見るってことさ」

「闘茶、ってことは、仁左衛門と戦う相手がいるのよね？　その相手ってのは誰なのかしら？　お染さん、知ってる？」

万智が首を傾げた。

「相手選びは、女将が万屋一心に任せているって話だよ。もうそろそろ決まるんじゃないかい？」

「これで相手が京の人だったりしたら、もうそんなのははなから勝ち目はないわね……。勝負は始まる前から決まっているわ」

「お万智がそう思うなら、皆がそう思って興ざめするね。つまり、そうはならないだろうさ。万屋一心は、それほど馬鹿じゃないはずだよ」

ふいに廊下からぱたぱたと足音が響いた。

「お藍さん、女将さんがお呼びです。一心さまがお見えになったと」

遣いの小僧の言葉に、皆ではっと顔を見合わせる。

「はい、今すぐ行きます！」

藍は慌てて立ち上がった。

「お藍、しっかりね。あ、それと一心さまが一緒にいるうちに、女将に宇治のお茶を試しに飲ませてもらうといいわ。奉公仕事の最中には、ちょっと味見をさせてくださいな、なんて頼みづらいでしょう」

万智が利発そうな顔つきで付け加えた。

二

桜屋の客間にいたのは一心だけで、女将の姿は見当たらなかった。

「身体の具合はもうすっかり治ったか？　闘いに負けるいい言い訳ができて、何とも好都合だったな」

そんな、ひどい！

藍は思わず一心を睨みつけた。

「そんな恨みがましい顔をするな。闘いを控えた身でぶっ倒れるなんて、相手に失礼極まりない話だぞ。闘いとはどんなものであれ、相手の胸を借りることだ。心身ともに整えて向き合わなくてはいけないんだ。それをあんなみっともない姿を見せて。相撲取りならば引退の危機だぞ」

言い返したいことは山のようにあったが、耳が痛いところもあった。

このところ慣れない女中奉公と、昼夜逆転の生活のせいで、明らかに身体が疲れていた。

己の力のすべてを出し切って仕事に向かい合うのは、少しも悪いことではないはずだ。だが、だからといって張り切り過ぎて倒れてしまっては話にならない。

己の体力では朝から晩まで全力で働くのが難しいのだとしたら、力の及ばない自身を認めながら進んでいくしかない。

「一心さんの仰るとおりですね。以後、じゅうぶん気を付けます」

「何だ、妙にしおらしいな。気味が悪いぞ」

拍子抜けした顔の一心に、「それで、今日はどんなご用事で？」と訊く。

「そうそう、女将に、そしてお藍に会わせたい者がいるんだ」

「もしかして、闘茶に出る仁左衛門さんのお相手ですか？」

藍が訊いたそのとき、客間の襖がすっと開いた。

能面のような顔をした女将が顔を覗かせる。

「お待たせをいたしました。やはりお客さまは道に迷われていらしたようですわ」

「おお、そうでしたか。桜屋へ通じる川沿いの道は、どこをどうしても間違えようのない一本道ではありますがね。いかにも、人とは違ったものの見方をなさるお方ということなのでしょうな。これは楽しみ、楽しみ」

「……え、ええ。一心さまの言うとおりでございますね。さあ、どうぞお入りくださいませ」

女将の背後から現れた女に、藍は思わず「ひっ！」と声を上げそうになった。

年の頃は五十くらいのふくよかな女だ。

頬が丸く鼻が丸く、どこに瞳があるのかわからないほど細い垂れ目だ。優しそうな顔立ちに見える。

だが女の頭には、黄金色に輝くもじゃもじゃの巻き毛が乗っていた。坊主頭に鳥の巣を乗っけたように珍妙な、まるで羊のような髪型だ。

「やあ、見事な洋髪ですな。今、長崎ではこんな髪が流行していると聞きますよ。あちらでは、老若男女、皆が金の巻き毛になっている——なんてね」

一心は女が現れた最初の刹那だけうぐっと息を止めたが、その後は一切動じない。

「そうでございますね。何とも美しい御髪でいらっしゃいますわね」

嫌みを言う余裕を一切なくした様子で、女将が強張った笑みを浮かべる。

女は何も聞こえていないような顔をしている。

よくよく見ると生まれつき目が細いだけで、目元は少しも笑っていない。不気味な姿だ。

「はじめまして。占い師の種と申します。本日はお呼びいただきありがとうございます。早速ですが、私の占いをご覧いただきましょう」

占い師。

生まれて初めて見た。

藍は呆気に取られて種と名乗った女の揺れる金髪を見つめた。

「は、はい。それでは、えっと」

女将は普段の悠然とした様子が嘘のように戸惑いを隠せない。

女が糸のように細い目を女将に向けた。ふいに目がくわっと開く。

「女将さん、あなたが手放した娘さん、母上のことを探していらっしゃいますよ。なにせ十八年も前のことですからね、ずいぶんと難儀されているようです」

「ひいっ！」

女将が悲鳴を上げた。顔が真っ青になってぶるぶる震えている。

「ど、どうしてそれを？　養子に出したあの娘のことは、夫以外の誰にも知られていないはずなのに――」

「種には視えておりますよ」

種がにんまりと笑った。

今度はゆっくり一心に顔を向ける。

「ま、丸助だ。私のほんとうの名は、まん丸顔の丸助だ！　しょうもない嘘をつくのが私の悪い癖だ！」

蛇に睨まれた蛙の形相で、一心が隠していた過去を自分からぺらぺらと話し出した。

種はその様子をじっと見透かすように見つめてから、

「おっかないお留お姉さんに、きちんと手紙を書きなさいな。あなたを心配していますよ」

と言った。

「そ、そんな……」

一心は真っ白い顔をしてへたり込んだ。

「本日は、このお種の力を信じていただきたくて、物騒な真似をいたしました。ですがご安心くださいませ。花見の宴の席では、うまくやりますよ」

「うまくやる、とはどういうことかお聞かせいただいてもいいか？」

一心がどうにかこうにか気分を立て直して訊いた。

「ええ、こんなふうにやらせていただきます」

種が藍に顔を向けた。

藍は息を呑んで固まる。

「おや、お嬢さん、あなたには、何か大事な秘密がありますね？」

善良そうににっこり笑う。だがやはり目は少しも笑っていない。

「まあ、何のことでしょうか」

松次郎のぐっすり庵のことを暴かれるに決まっていた。

種の調子に合わせて素知らぬ顔で応えるが、今にも泣き出しそうな気分だ。

「ええっと、そうですねえ。ふわふわしていて、大あくびをしていて、あったかい。あら、これはお嬢さんの想い人の姿ですね。何ともお育ちの良さそうで上品で、素敵なお方ですねえ。お髭もご立派。さあ、どなたのことだかお心当たりはありますか？」

種は冗談めかして言う。ねうの姿がすっかり視えているのだ。

「……千寿園で飼っている、眠り猫のねうのことです」

藍が蚊の鳴くような声で呟くと、種が「そのようですね」とぷっと噴き出した。

「とまあ、こんな調子で、そのお方の、人前で暴かれても笑い話にできる楽しいところだけを見つけて、うまく場を盛り上げさせていただきますよ」

種が自信満々の顔で胸を張った。

「そ、そうか。しかしお種には、ほんとうはすべてが視えてしまっているんだな……」

一心が何ともいえない顔をする。

傍らの女将は、「あの娘が？　私を探している？」なんてぶつぶつ呟きながら、ひたすら目を泳がせて己のことで精いっぱいの様子だ。

「いかがでしょうか？　このお種の占い、花見の宴の余興にお雇いいただけますか？」

一心がうぐっと黙った。

「女将、それでよろしいでしょうか？」

女将の顔を覗き込む。

「え、ええ。もちろんです。それで構いません」

女将は心ここにあらずのままだ。

「くれぐれもお手柔らかに頼むぞ。くれぐれも、な」

一心が心配そうに念を押した。

三

「すみません、私は少し気分が優れないので中座させていただきます。すぐに女中がお茶をお持ちいたしますので、ごゆっくりお過ごしくださいませ」

真っ青な顔をした女将が、よろめきながら廊下へ消えた。

「お藍、この場は頼んだぞ」

一心が何か察した顔で、女将の後を追いかける。

「おやおや、お二人ともずいぶん驚かせてしまいましたね。あら、ありがとうございます。香りの高いお茶ですこと」

種が細い目をもっと細めて、背後を振り返った。

女将と一心と入れ替わりにお茶を運んできたのは、強張った顔をした万智だ。

種の金の巻き毛を見てあんぐりと口を開けてから、すぐに慌てた様子で口を一文字に結ぶ。

「桜屋名物、宇治のお茶でございます」

いったい何事かと藍に問いかけるような目配せに、私もよくわかっていないのよ、と目で返事をする。

万智が襖の向こうに消えると、客間はしんと静まり返った。

「お嬢さん、私のお茶をどうぞ。今日この機に、宇治のお茶を飲んでみたいと思っていらしたんでしょう? 私はもうお腹いっぱいです。行く先々すべてのところで、お茶とお菓子をたらふくいただいていますからね」

種が己のふくよかな腹をぽんと叩いて、湯呑みを藍の前に置いた。

種には、何から何までお見通しだ。

怖い、気味が悪い、なんてことを通り越して、頭の中が真っ白になってくる。

「は、はい。ありがとうございます。それじゃあ、いただきます」

言いなりになるしか他に道はない気分で、藍は湯呑みに口を付けた。

茶葉の香りが立ち上る。雨上がりの茶畑を思わせる瑞々しい香りだ。

一口飲んで、はっとする。

少しの苦みもない、うっとりするような旨味が口の中に広がった。

まるでお出汁を飲んでいるかのような、塩気が潜んでいるのではと勘違いしてしまうほどの旨味だ。

と、身体じゅうの力が抜けるようなふわりと柔らかい甘みが鼻を抜けた。香袋のような良い匂いが身体を巡っているような気がする。上品で重厚な、これぞ伝統という風格を湛えた味だ。

「……美味しい」

思わず呟いた。

京の味とは、宇治のお茶とは、これほど深みのあるものなのか。

普段、千寿園が店に卸している煎茶とは、同じお茶の名でもまるで別物だ。

煎餅をぼりぼり齧りながらずずっと飲むには、あまりにも勿体ない繊細な味だ。

「それはよござんした。こちらもどうぞ」

種が大きく頷いて、砂糖を固めた干菓子を差し出した。

爪の先ほどの大きさの干菓子をつまんでこりっと齧る。

目の前がくらくらするような甘さが口の中に広がるところを、もう一度宇治のお茶を一口。今度は初めて苦みに気付く。何とも心地良い味わいだ。

「お種さん、ありがとうございます。良いものを味わうと、ぐんとやる気が出るものなんですね」

宇治のお茶の味を知ったからといって、闘茶の場でどんなお茶を出そうかすぐに閃(ひらめ)いたわけではない。

だが、手間を掛けて作られた上等なものの味は、しっかり胸に響く。

「お嬢さん、あなたはまったく素直なお方ですねえ」

種が口元を隠してくすっと笑った。

「ありがとうございます。とても良い学びになりました」

種が急に上目遣いでこちらを見る。

「では、この種をぐっすり庵にご案内いただけますか？」

息が止まった。

「……ぐっすり庵、ですね」

観念した心持ちで訊き返す。

「ええ、長崎帰りのお兄さまが、千寿園の林の奥で夕暮れから開く、あのぐっすり庵でございます。お心当たりはございますね？」

種は一言一言、念を押すように言った。

「ええ、もちろんです。お種さんには隠しようがありません。ですが、どうしてお種さんがぐっすり庵をお探しなんでしょう？」

誰かに頼まれて松次郎の居場所を探しているのだろうか。もしそうだとしたら、この種の力を誤魔化すことは決してできそうもない。一巻の終わりだ。

「私には眠りの悩みがございます」

種が当たり前のように答えた。

「えっ？　お種さんが、悩み、ですか？」

藍はきょとんとした心持ちで種の顔を見つめた。

種の禍々(まがまが)しいまでの人を視る力と、〝悩み〟というか弱げな言葉との間にはずいぶん隔たりがある。

「ええ、もうかれこれ三年ほどになりますでしょうか。夜になりますと、二度、三度と目が覚めて、そのたびに寝付くまでに長い間があります。少しもぐっすり眠れた気がしないんです」

首を回し、片手で肩を揉(も)みながら眠りの悩みを打ち明ける種の姿は、至ってどこにでもいる中年の女だ。

「いつだって寝足りない気持ちを抱えて、身体の怠さを誤魔化し誤魔化し暮らしています。このままじゃ、気がおかしくなりそうですよ。毎晩、夜になるのが憂鬱でなりません」

ぐっすり庵に集う患者たちと何も変わらない、困り切った顔だ。

「わかりました。お辛い思いをされましたね。それでは早速、ぐっすり庵に参りましょう」

藍が答えると、種の糸のような目が見開かれた。

「お嬢さん、ありがとうございます！　それでは早速、今から！」

種の大きな声に、万智が慌てた様子で顔を出した。

「あら、お帰りですか？　少々、お待ちくださいませ。女将からこちらのお土産をお渡しするように言われておりまして……」

万智が差し出す風呂敷包みに、種は苦笑いを浮かべた。

「女中さん、そのお土産はあなたたちに差しあげますよ。女将さんに内緒で、こっそりもらっておいてくださいな。私はこれから大事な用事がありますからね」

「ええっ？　満月屋のお饅頭ですよ？　砂糖をたくさん使った甘い甘いこんな上等

なもの、私たちがいただくわけには参りません！」

万智が悲鳴のような声を上げた。言葉とは裏腹に、喜びのあまり目が爛々と輝いている。

「いいから、いいから。占いの仕事は行く先々でお土産をいただいてばかりで、きりがないですからね。次に用事があるときはそうするって決めているんですよ」

「お土産をいただいてばかり、ですか……」

万智が夢見心地の顔をしてから、はっと身を正す。

周囲をきょろきょろと見回してから、女将に聞かれないように「ありがとうございます！」と小声で言った。

四

種を連れてぐっすり庵を訪れると、松次郎と福郎が何やら真剣な面持ちで晒し布を広げて型取りをしていた。

「福郎、俺がここを押さえているうちに、そっちを測ってくれ。まったく、裁縫というのはとんでもなく面倒なものだな。この場にお久がいてくれたならば、あっという間もなく終わらせてしまうだろうに……。あいつはどうして千住宿に嫁に行ってしまったんだ」

「はいはい、ただいま。お任せくださいな」

ねうがその光景を不思議そうに眺めている。

「松次郎先生、患者さんがいらっしゃいましたよ」

藍が声を掛けると、二人とも大いに驚いた顔をする。

「わわっ、患者さんですか！　たいへん失礼をいたしました！　少々研究に没頭し過ぎておりました」

福郎が慌てて広げていた布を片づける。

と、種の髪に目を向けてぽかんとした顔をした。

「よ、洋髪か。今日の患者は、なかなかお洒落なお方だな。長崎でも、それほど華やかな髪のお方はそうそうお目にかかれなかったぞ。というより、どこにもいなかったな」

松次郎が、面倒ごとを避けたい様子がありありとわかる顔で言った。

「私は占い師でございますから。それらしい格好をしたほうが、お客さんの気分も乗りますでしょう？」

種が面白そうに笑った。

「何？　占いだって？」

松次郎と福郎が顔を見合わせた。

「福郎くん、最近は瞼がよく閉じてぐっすり眠れるようになってよかったですね。やはりあれは、身体が大きくなる最中のひと時のことでしたね」

種が含み笑いをした。

「ど、どうして、私のことがわかるんですか⁉」

福郎が叫んだ。

「もう、お藍さんがお話ししたんですね。さてはお種さんと一緒になって私を担ごうとしているんですね？」

賢そうな目に少々怯えを滲ませて、福郎は笑いとばそうとする。

「ですが帳面に描いた松次郎先生の似顔絵、あれは見つかったらいけませんよ」

「いやあ‼」

福郎が顔を真っ赤にした。

「松次郎先生、違うんです、違うんです。いくら先生にこっぴどく叱られたからと言って、私は先生を、ぷんすか怒った蛸坊主のような馬鹿げた姿で描いたりなぞ、決して決していたしません！」

まあ。

藍は思わず噴き出した。

種が今度は松次郎に向き合う。

「松次郎先生、先生はかつて長崎で――」

「いや、あんたの力はもうわかった。やめてくれ。ろくでもない道を進んできたのは、俺自身がいちばんわかっているからな。どうにかこうにかここまで生き延びたんだ。わざわざ嫌なことを思い出させないでくれ」

兄さんったら、お種さんに視られるのが怖いのね。

いったいどれほどめちゃくちゃなことをしてきたのかしら。

こっそり笑って松次郎を見上げると、藍が思っていたよりもはるかに真面目な顔をしていた。

「本題に入ろう。お種には眠りの悩みがあるのか？」

　松次郎が訊く。

「……ええ」

　種が、少々首を傾げるような顔をしてから、気を取り直したように頷いた。

「お種さんは、夜中に二度、三度、と起きてしまうと仰っています」

　藍は種から聞いていた話を説明した。

「寝つきはどうだ？　横になってからいつまでも眠れない、というようなことは？」

「寝つきは良いです。良すぎるくらいですよ。それこそ毎日、横になった途端、倒れるように眠くなります」

　松次郎が、ふうむ、と唸った。

「寝る前に水を飲み過ぎて、夜中に厠に行きたくなっているということはあるか？」

「四半刻くらい前に、お番茶を湯呑みに一杯いただいていますけれどね。目が覚めるときは、別に厠に行きたいというわけではありませんよ」

「四半刻前に、番茶を湯呑に一杯か。それならばさほど眠りに障りがあるとはいえないな……」

松次郎が顎に手を当てた。

「お種、齢はいくつになる？　その金色の髪にばかり目が行って、齢がさっぱりわからない」

「五十二になります。商売のために、見た目だけは華やかに装っていますがね。この齢になるとあちこちがたが来ますよ」

種がため息をついたり背中をとんとんと叩いたりと、急に所帯じみた仕草をしてみせた。

「五十二か。齢を重ねて老人になると、さほど長い眠りが必要なくなる者もいるが、それにはまだ早いな」

そのとき、奥から福郎が茶を運んできた。

「お茶でございます。すみません、今日は、お茶請けのお菓子が切れてしまいました」

福郎が心底申し訳なさそうに萎れた顔をする。

ぐっすり庵のお茶は、藍が千寿園からもらってきた上等な茶葉を使っている。だが、客に売ることができない色や形に少々難がある余りものだ。

普段は心から美味しいと思っているお茶だったが、つい先ほど桜屋で宇治のお茶を飲んだばかりの身としては、なんだか肩身が狭い。

おまけにお茶菓子が切れているなんて、なんとも間が抜けて格好悪い。

「お菓子なら持ってきていますよ。一緒に食べましょうか」

種が懐から小さな包みを取り出した。

桜屋で出されたものと同じような干菓子だ。

「桜屋さんの前に行った家でいただいた、お土産ですよ」

「まあ、ほんとうにいろんなところでお土産をいただいているんですね」

藍が目を丸くすると、種が「ええもう、山のように。ひとり身ではいくら食べても食べきれません」と笑った。

「さあ、さあ、松次郎先生もどうぞ」

種からもらった干菓子を皆で味わう。

「砂糖というのは、目が眩むほど甘いものですね……。ぐっすり庵でお出ししている甘いものといえば、お芋や水菓子がせいぜいです。砂糖の甘みがこれほどとは」

福郎がうっとりしたように言った。

松次郎も呆然(ぼうぜん)とした顔で黙り込んでいる。

藍も一口齧って甘みを存分に味わい、福郎が淹れてくれたお茶を飲む。

――あれっ?

桜屋で同じような干菓子を食べたときとは違う。

口の中に砂糖の甘ったるさが広がって、さらにその甘みのせいでお茶の渋みが際立ってしまうような奇妙な感じだ。

千寿園のお茶の売りであるはずの爽(さわ)やかな苦みと優しい甘みが、上等な砂糖の味にすっかり負けてしまっているのだ。

「あううう?」

ねうが、自分にお菓子はもらえないのか、という不満げな様子で藍の顔を覗き込んだ。

「あら、ねう。ごめんね。ねうの分はないのよ。後でたくさん遊んであげるから」

そろそろ、眠り猫のねうの出番かもしれない。

「ねう、お種さんのところへ行ってみてちょうだいな」

お尻を優しくぽんと叩いて促した。

「いや、ねうは必要ないようだ」

松次郎の言葉に、えっ、と目を向けると、種がその場で頭を落としてこくりこくりと眠り込んでいた。

五

座ったまま鼾（いびき）を掻（か）いてぐっすり眠る種の横で、ねうが長い尻尾を左右に揺らして怪訝（けげん）そうな顔をしている。

「目の前にいる人のすべてが視えてしまうのって、どんな気持ちなのかしら？」

眉間（みけん）に皺（しわ）を寄せた種の寝顔を見つめながら、藍は呟いた。

子供のような心で聞けば、面白そうに思える話だ。だが、実のところは、きっとその何倍も気苦労が多いに違いない。

「五十を過ぎた身で、金の巻き毛を頭に乗っけたくなるような心持ち、ってところだろう。人は齢を取って目が悪くなり耳が遠くなると、ぐんぐん生きるのが楽しくなるって決まりさ。浮世には見なくてもいい、見えないほうがいいものがそれだけたくさんあるってことだろうな」

松次郎がねうの頭を撫でた。

ねうが「あう？」と少しもわからないという顔をする。

「このお方は、私のすべてを見抜いていらっしゃいました。あれもこれも、すべて視られてしまっていると思うと、身の細るような気がします」

福郎が恐る恐る言った。

福郎のような子供でさえこんな怯えた顔をしているのだから、齢を重ねた大人ともなれば、種のことを、恐ろしいを通り越して疎ましく思う者がいても少しもおかしくない。

種の人生には、藍には計り知れないような苦労があったに違いない。

「……福郎もお藍も、少し思い違いをしているぞ。お種は相手のすべてなんて視えちゃいないさ」

松次郎が「なあ、ねう？」とねうに向かって話しかける。

「そんなことないわ。お種さんは、ほんとうにすべてわかっているんだから。兄さんは、お種さんに視ていただかなかったから、そんなことが言えるのよ。ねえ、福郎くん？」

「ええ、そうですとも。お種さんが知るはずもない昔のことばかりか、この世の誰も知るはずのない私の秘密だって、平然と見抜いてしまうのですから。松次郎先生も、昔の失敗を暴かれるのに怖気づいたりなんてしないで、ぜひともお種さんに視ていただくべきです」

福郎が不満げな顔をした。

「怖気づく、だって？　まさかまさか、そんなんじゃないぞ。福郎、お前、弟子のくせに師匠に向かって、なんて口の利き方だ。ねう、今のを聞いたか？　福郎を襲え！　尻っぺたを齧ってやれ！」

ねうは聞こえていないような涼しい顔をして、ぷいと脇を向いた。

「……あなたのことが視えますよ」

種が唸るように呟いた。寝言だ。

皆、顔を見合わせて黙り込む。

「……この種には、あなたのすべてが視えますよ」

種がはっと目を見開いた。糸のように細かった目がぎらぎらと光り、奥歯を喰いしばった形相だ。

「まあ、お種さん、汗が……」

藍は慌てて駆け寄った。懐から手拭いを取り出す。

種の襟元がぐっしょり濡れて色が変わっていた。金の巻き毛の生え際からは雨粒のような汗がぼたぼたと滴り落ちている。

「あら、嫌だ。すみませんね。このところ、寝汗が酷いんです。いたたた……」

種が恥ずかしそうに額の汗を拭った。眉間に深い皺が寄る。

「頭痛か？」

松次郎が訊いた。

「ええ、寝起きはいつもこうなんです。こうして少し休めば良くなります」

種は、福郎が先ほど出したお茶をぐっと飲み干して、干菓子を口に放り込んだ。

しばらくはふうっと大きく息を吐いてぼんやりしていたが、じきに平静を取り戻した顔つきに変わった。

「いつもこんな様子なんですか？　ずいぶん寝苦しそうですね？」

滝のような汗に、頭痛、こんな不調ばかりが訪れるようでは、寝る時間が苦痛になってもおかしくない。

「ええ、もう慣れっこではありますがね」

種が疲れた様子で応じた。

「もう一度、今度こそ眠り猫を試していただきましょうか？　きっと安らかな眠りをお約束しますよ」

福郎がねうを抱き上げた。

「おえーい」

ねうが任せておけという顔で鳴いた。

「そうか、先ほどお種が急に寝込んだのは、ねうの力ではないんだな？」

松次郎がふと気付いた顔をした。

「ええ、こちらで美味しいお茶をいただいたら、ふと気が緩んでことんと寝入ってしまいました。猫さんには触れていません」

ねうと顔を見合わせて「ね？」と言う。

「普段こういうことはよくあるのか？　客に茶を出されて、ほっとして眠ってしまうというようなことが」

「いいえ、まさか。お客の前では気が張っていますからね。今日は、眠りを診ていただくお医者さんに来ているので、急に眠ってしまっても障りはないかと、それこそ気が緩んでいたんですよ」

「お種が眠くなった理由がわかったぞ！」

松次郎が膝を叩いて、大きく頷いた。

「ぐっすり庵のお茶の効能でしょうか？」

福郎が得意げに訊いた。

「いや、残念ながら効いたのはお茶ではない。お種が我々に分けてくれた、その上等な甘い菓子だ」

松次郎が小皿の上に載った干菓子に目を向けた。

「お菓子ですって？」

種が目を白黒させた。

「ああ、人は、甘いものを食べると血に力が漲る。頭が冴えて疲れが取れ、気分がすっきりする。お藍にもそんな経験はあるだろう？」

　松次郎が藍に目を向ける。

「え、ええ。先生の言うとおりです。甘いものって、ただの美味しいものとはまったく違う魅力があると思います。一口食べるだけで、この世がきらきら光って見えるような気がするんです」

「わかりますとも、甘いものにはまるで呪いのような力がありますよね」

　種も神妙な顔をして頷く。

「お種、客のところで山のように土産物を持たされると言っていたな。その土産物は、どうしている？」

「持ち帰った分は、もったいないので夕飯代わりに食べていますよ。食べても食べてもなくなりませんからね」

「そのせいなんだ。人は甘いものを食べ過ぎると、ふらついたり意識を失ったりしやすくなる病に罹（かか）るんだ。その病のせいで、お種はまるで酒を飲み過ぎたようになって倒れていたんだ」

「病ですって？」

種の顔が青ざめた。

「壮健な眠気ではなく、身体の具合を悪くして倒れているのだから、眠りの質は極めて悪い。悪夢を観たり、寝汗をかいたり、寝起きに頭痛を感じるのはそのせいだ」

「それじゃあ私は、どうしたらいいでしょうか？」

種が身を乗り出した。

「甘いものをきっぱりやめるんだ。夕飯がわりにするなんてもってのほかだ。味の薄い菜を中心とした食事を摂って、なるべく歩くように、もう一回り身体の肉を落としたほうがいいな。この病は太った身体に起きやすい」

種はぎくりとした様子で、己の丸い頬を両手で押さえた。

「西洋では、脂や酒や砂糖を摂りすぎる金持ちの病としてよく知られている。砂糖が貴重なこの国ではそうそう見ない病かと思っていたが、お種の生活ならば、いつ命を脅かすほどとがめてもおかしくないぞ」

「……わかりました。ありがとうございます。そのように節制して暮らします」

種がすっかりしょげ返った顔をした。

力ない足取りで立ち上がる。

「だが甘いものというのは、本来はさほど食べられるものではないぞ。人の身体は、甘いものを食べ過ぎると気分が悪くなるようにできている」

松次郎が呼び止めるように言った。

「きっとお種は、占いの仕事で余程気を張っているんだろうな。見たくないものがたくさん見えてしまって、心休まる間がないんだろう」

「視たくないものですか……？」

種が目を細めた。

「松次郎先生の鳴滝塾の宴会での腹踊りの光景も、しっかり視えております。お須賀さんを怒らせて竹刀を振り上げて追いかけ回されましたね。いくらお須賀さんが女丈夫な方だとはいえ、女性の前であれは失礼ですよ」

種がただ目の前に広がるものを口にしているだけ、という様子で寂しそうに言った。

「うっ……」

松次郎が渋い顔をする。何のこれしき、とでもいうように奥歯をぐっと嚙み締める。

腹踊り――。

藍と福郎は顔を見合わせた。

「お種、お前の人を視る力は紛れもない本物だ。だからこそ、このままではいけないと思わないか？」

松次郎の言葉に、種は糸のような目をもっともっと細めた。

六

藍が桜屋に戻ったときには、外はとっぷり日が暮れていた。

「遅くなってごめんなさい！」

慌てて炊事場に駆け込んで、いつもの盆運びの仕事に取り掛かる。

「もう、お藍ったら、遅い、遅い！　ただでさえ女将さんが寝込んじゃって、桜屋は大忙しなのよ！　今日は満月屋のお饅頭があるから、って、それだけを楽しみにみんなひいひい言いながら奮闘しているんだから」

客に料理を出してきた万智が、笑顔で文句を言う。

「女将さん具合が悪いの？」

種に、生き別れの娘のことを言い当てられた女将の真っ青な顔を思い出す。

あれから女将は、いよいよ倒れてしまったようだ。

「ええ、何でもずいぶんと気に病む出来事があったみたいよ。あの怖い女将さんでもそんなふうになることってあるのね。そういえば、昼に客間に来ていたもじゃもじゃ頭のおばさん、まさかあの人が仁左衛門の闘茶の相手なの？　いくらなんでも、とんでもない人が来たものねえ」

万智は興味津々の様子だ。

「ううん、あの人は、花見の宴を盛り上げてくれる占い師さんよ」

「占い師ですって？　なるほど、だからあの頭ね」

万智が目を丸くする。

「そしてその占い師に桜屋の行く末を占ってもらったせいで、女将さんが寝込んじゃったのね。それは大ごとだわ！　私たち、新しい奉公先を見つけなきゃいけなくなるかも……」

「違うわ、占い師のお種さんが当てたのは行く末じゃないわ。女将さんが誰にも話していなかった昔の出来事を、すらすらと言い当てちゃったの」

それがどんな内容だったか、藍の口から話すわけにはいかない。

詳しくは聞かないでちょうだいね、というように小さく、でもきっぱり首を横に振った。

「へえっ？　女将さんの昔のことを言い当てたですって？　やっぱりあの人って見た目どおり、変な占い師なのね。まあ、だからこそ、ぴりりと効いた毒を好むお金持ちの宴に引っ張りだこなんでしょうけれど」

万智が顎に人差し指を当てた。

「変、ってどうして？」

万智の心から不思議そうな様子が気になった。

「お藍は、小さい頃、友達と占いをして遊んだことがないの？　縁日の占い師に占ってもらったことは？」

「えっと、どちらもないわ」

下町の長屋で仲間に囲まれて育ったわけではないので、気軽に遊べる友達はそう多くなかった。

唯一の兄弟の松次郎は、幼い頃は常に学びに打ち込む秀才だったので、占い遊びをしようなんて誘ったらきっとふふんと笑い飛ばされたはずだ。

「まあ、今まで岡惚れした人も、憧れの役者もいなかったってことね！　言われてみればお藍って、いかにもそんなのんびりした感じがするわ！」

笑って藍の背をぽんと叩く。

「私が知っている占いってのは、ほとんどの場合はどうなるかわからない恋衣の先行きを占うものよ。吉と出るか凶と出るか、っておみくじみたいに、きゃあきゃあ騒いで喜ぶの。相手の昔の出来事や秘密を暴くなんて、そんな趣味の悪いことをして喜ぶなんて、やっぱり風流好みの人たちって嫌らしいわね」

藍はぽかんとして万智の顔を見た。

確かにその通りだ。

「お万智、さすがよ！　私、すぐに女将さんのところに行ってこなくちゃ！　女将さんの気鬱を治して、それにお種さんの眠りの悩みもすっかり治すことができるかもしれないの！」

「えっ？　そんな大層なことを言ったかしら？」

「恩に着るわ！　今夜の私の分のお饅頭は、お万智にあげる！」

「ほんと⁉　やったあ！」

万智の歓声を背に、藍は桜屋の廊下に駆け出した。

七

「女将さん、お藍です。お休みのところすみません。少しよろしいでしょうか？」

襖越しに藍が声を掛けると、部屋の中から「お入りなさいな」と力ない声が聞こえた。

八畳の広い部屋の真ん中で、女将が分厚い布団に身体を沈めるように横たわっていた。顔色がひどく悪い。

「お藍、炊事場はどうしましたか？」

雇い人らしい厳しい声だ。

思わずひっと身が縮む。

「えっと、ごめんなさい。私、どうしても、どうしても、女将さんにお伝えしたいことがあって」

「ならば、今は、お藍お嬢さん、ということですね。先だっては、お恥ずかしいところをお見せいたしました」

女将の声色がくるりと変わった。

「私、あれから、占い師のお種さんを千寿園にお連れしたんです。仰ったことはすべて本当でした。お種さんは、何もかも視えていらっしゃいます」

藍の言葉に、女将は横になったまま頷いた。

ぼんやりと虚空を見つめる。

「私の娘は、生まれてすぐに遠縁に養子にやったんです。あの頃は、夫婦ともに桜屋をどうにかして一流の料亭にしようと、昼も夜もなくがむしゃらに働いておりましたからね。今はまだ赤ん坊は育てられない、と思いましたよ。ですが罰が当たったのかもしれません。私たちにできた子は生涯あの子だけでした」

女将の声に涙が滲む。言葉に京のなまりを感じた。

「あの子が、今になって私を探しているですって？　十八年、一度も顔を合わせたことがなかった生き別れの母親を探すってことは、育ての親には頼れないということです。つまり、私があの娘を養子にやったのは間違いだったんです。どれほど暮らしが苦しくとも、大事な我が子をこの手で育てるべきでした」

女将が頬を流れる涙を拭った。

「あの娘に申し訳なくて、申し訳なくて……」

ふいに襖が開いた。

「失礼いたします。占い師の種が参りました」

部屋の入り口で、種が深々と頭を下げていた。

「えっ？」

不思議そうにする女将に、種は

「お藍お嬢さんから呼んでいただきました。今すぐに女将さんを占って欲しい、と」

と、金髪の巻き毛を揺らした。

「女将さん、もう一度、お種さんに占っていただきましょう」

藍は女将ににじり寄った。

「いいえ、占いはもうたくさんです。嫌なことは知りたくありません。あの娘が養子に行った先でどんな思いをしてきたかこと細かに知ることになるなんて、考えただけで……」

女将が苦しそうに首を横に振った。

「いいえ、本日は昔のことではなく、今を、そして先行きを占うために参りました」

種がきっぱり言って胸を張った。

細い目をくわっと見開く。

「今、娘さんは品川宿にいらっしゃいます。お腹に赤ん坊がおります。安心して子を産めるところを探していらっしゃいます」

「ええっ、つまりそれは、娘は男に捨てられたということですか？　いったい相手はどんな酷い男で、娘はこれまでどんな目に……」

女将は今にも泣き崩れそうだ。

種が首を横に振った。

「今日占うのは、今と、先行き、だけと申し上げましたでしょう？」

種は女将の枕元に近づくと、大きく息を吸って、その手を取る。

遠くを見る目をした。

「ええっと、百年後を視ても仕方ありませんよね。百年後はここにいるみんながみんな、どこにもおりませんものね。あらまあ、ずいぶん綺麗なお顔立ちのしゃれこうべですこと」

少々毒のある顔つきでくくっと笑った。

いけない、いけない、というように気を取り直す顔をして、女将の手の甲に目を落とす。

「私には、女将さんと娘さん、そしてお孫さんと三人で、桜屋を切り盛りする先行きが視えます」

一言一言、言い聞かせるように囁いた。

「へっ？　娘と私とで、桜屋を？　それに孫ですって？　何が何やらわかりません」

女将が呆気に取られた顔をした。

「赤ん坊は……そうですねえ。まあ、女の子ですね。小さい子たちの面倒をみておりますね。小さい子は、男の子、女の子……これは兄弟じゃありませんね。いろんな顔をした、いろんな家の子です」

「いろんな顔をした、いろんな家の子、ですって……？」

女将が、種の言葉が少しもわからないというように眉間に深い皺を寄せた。

「どういう意味でしょう？」

女将は頰に掌を当てて、真剣に天井を見つめる。

「そこまでは私にはわかりません」

種が静かに首を横に振った。

「わからなくちゃ困りますわ。桜屋の、そして私たちの先行きが懸かっているんですよ？」

女将が身体を起こした。目を見開いて必死に考える顔だ。

つい先ほどまでの力ない様子が嘘のようだ。

「誰か、番頭を呼んでくださいな。大事な相談ごとがあります！」

女将が廊下の向こうに声を張り上げた。

「はあい」

女中の応じる声に、「急いで、急いでくださいな」と畳みかける。

藍のことはもちろん、種がいることとさえも忘れたような顔だ。

「種に視えるものはここまでです。何かのお導きになりますと幸いでございます」

種が深々と頭を下げてから、これでいいのか、というように藍に顔を向けた。

「お種さん、ありがとうございます」

藍は囁いた。

「お礼を言いたいのはこちらですよ。松次郎先生にお伝えくださいな。先生が仰っていたこと、少しわかった気がします、ってね」

種はふうっと息を吐くと、人が変わったように忙しく歩き回り始めた女将を眩しそうに見上げた。

八

「まったく、急すぎる話よね。いくら私が八人兄弟のいちばん上の姉さまだからって、見知らぬ子と打ち解けるのって、そんなに容易なことじゃないんだから……」

万智が、ああ困った、たいへんたいへん、なんて呟きながら、いかにも優しい姉さまらしく見える桃色の小袖を手早く着付けた。

遅い朝の女中部屋では、皆が興味深そうに万智に目を向ける。

「お客の、お嬢ちゃま、お坊ちゃんの相手をしていればいいんだろう？　いいねえ、お歌を歌って、踊って遊んで。あんたみたいに、いつまでも子供気分が抜けない娘にはぴったりだよ」

染がにやりと笑って万智の背をぽんと叩いた。

「うまく行けばいいけれど」

言葉とは裏腹に、万智の目は輝いている。

あれから女将の決断は目を瞠るほどに早かった。

人をやって品川宿へ生き別れの娘を探しに行かせると同時に、これから桜屋の一間で、客の子を預かることにしたと言い始めたのだ。

――料亭というのは、ご夫婦で連れ立っていらしてくださるお客様がとても少ないのが難点でした。そこで私は、ご夫婦がゆっくり食事をしている間に、お子さんを別の部屋で預かって美味しいものを食べさせて、姉さまが遊んであげる、という仕組みを考えました。

女中たちに説明する女将の背はしゃんと伸びて、不安げなところは微塵も見当たらない。

——子を預かる……ですか？

このご時世、皆、親が出かけるときは近所の人に気軽に世話になるものだ。この桜屋に顔を出せるような裕福な客ともなれば、家に女中のひとりやふたりは必ずいるに違いない。

そんな商売が成り立つのだろうかと首を傾げた女中たちに、女将は得意げに頷いた。

——そこが桜屋の腕の見せ所ですよ。預かった子には、目一杯美味しいものを出して、疲れ切るまで遊んでやって、子のほうからまた桜屋に行きたいと親にせがむように仕向けるんです。あなたたち、奮闘してくださいよ。

そうして白羽の矢が立ったのが、万智だということだ。

「すごろくに、おもちゃ絵に、毬に、羽子板。あとはええっと、何がいいかしら……」

万智は皆の後に続いて、ぶつぶつ言いながら廊下に出た。

「お万智、しっかりね。お万智ならきっとうまくできるわ」

藍が声を掛けると、万智はそれまでの不安そうな顔をぱっと綻(ほころ)ばせて「任せておいて！」と拳(こぶし)を握ってみせた。

「あっ、お種さん」

炊事場のところに、金髪の巻き毛の種の姿があった。

「女将さんから、お藍お嬢さんはここにいる、って聞きましてね」

糸のように細かったはずの目が、今日はぱっちりと開いて見える。

丸く膨れていた頬も以前よりもずいぶんすっきりした。

柔らかいふくよかな雰囲気はそのままに、浮腫(むく)みが取れてずいぶんと壮健になったと一目でわかる姿だ。

「あれから女将さん、新しい商売を閃いたんですよ。きっともう、ご存じですよね？」

種は嬉しそうに頷いた。

「ええ、あの女将さんは素晴らしい才のある方ですよ。私が視えた光景を聞いて、どうすればそこに辿り着くかを、あっという間に考えることができてしまうんですから」

「きっとこれから、女将さんの生き別れになった娘さんも、生まれた赤ん坊と一緒に、お客さんの子と遊んでくれるんでしょうね。そうなれば皆が幸せです」

　藍はにっこり笑った。

「でもほんとうにお種さんは、人の行く末もすべて視えてしまっているんですか？」

　少々声を落とす。

「ええ、視えておりますよ。種にはすべて視えております」

　種が藍の顔をじっと見たので、藍はぎくりとした。

「けどね、女将さんと一緒のときも申し上げましたでしょう？　人なんて、百年先を視ればみーんな骨になって墓の中です。ならば私が伝えるのは、長い人生の中できらりと輝く、楽しくて嬉しい光景だけにいたします。どうやったらそこへ辿り着くか、ご自身で考えていただくのはきっととても楽しいでしょう？」

「……私には何が視えますか？」

恐る恐る、でも、どうしても気になって仕方がない心持ちで訊いてみた。

種が遠い目をした。

藍の身体を透かして遠くの光景を見るように目を細めた。

「皆が喜んでおります。いろんな人にありがとう、と言われて、お嬢さんは恥ずかしそうにしていらっしゃいます」

種が微笑(ほほえ)んだ。

「えっと、それは、兄さ——松次郎先生も一緒ですか？　ねうは？　それに、場所はどこですか？　千寿園？　ぐっすり庵？　それとも桜屋でしょうか？」

「それは私にはわかりません」

目を白黒させている藍に、種は含み笑いを漏らした。

「松次郎先生にどうぞよろしくお伝えください。『このままではいけないと思わないか？』という先生のお言葉の意味、ようやくわかりました」

種を見送ってから、藍は慌てて炊事場に駆け込んだ。

「すみません！　すぐに仕事を始めます！」

忙しく身体を動かしながら、先ほどの種の言葉をしみじみ考える。

皆が喜んでくれる仕事。ありがとう、と言ってくれるような仕事。

そんなことが私にできるのだろうか。

種が視えたという光景は、想像するだけで胸がふんわりと温かくなった。

どうにかしてそこに近づくことができるように、奮闘しなくちゃ。

藍が己の胸をとん、と叩いたそのとき——。

炊事場の戸が勢いよく開いた。

「助けて！　どうか匿（かくま）ってくださいな！」

若い娘が転がるように飛び込んできた。

顔立ちは整っているようだが、身なりは粗末で頰は窶（やつ）れ、声はひび割れている。

荒んだ暮らしを思わせる娘だ。

「いったいどうされました⁉　賊にでも遭われましたか⁉」

染が泡を喰って駆け寄った。

「ええ、そうですとも！　賊と同じようなもんです。私、品川宿にいたら、いきなり見知らぬ人たちに引きずり出されて、こんなところに連れてこられたんですもの！」

「へっ？」

奉公人たちは顔を見合わせた。

「生き別れた産みの母が、私を探している、なんていうんです！　十八年も一切の音沙汰なく私のことなんて忘れ切っていたくせに。今更、急に母親面しようったってそうはいかないわ！　私、あの女の世話になんて絶対にならないから！」

目に涙を溜めて怒っている娘の腹は、まん丸くせり出していた。

その参

夢の中で未来が視える？

眠っているときに観る夢というのは、とても不思議な存在です。

まるで現実のように臨場感のある悪夢に思わず寝言で悲鳴を上げて飛び起きてしまうこともあれば、これは夢の中だから何が起きても大丈夫、なんて呑気に思いながら夢の世界を楽しんだりすることもあります。

そんな夢について研究していたのが、『夢判断』という著書を発表して一躍有名になったオーストリアの心理学者のフロイトです。

フロイトは、夢とは潜在意識からなる本能的な欲望の現れだ、という説を唱えました。

フロイトの説は今でも賛否両論がありますが、目覚めているときの出来事が夢に影響を及ぼしている、という部分には皆、異論がないようです。

確かに私も、自分ではまったく意識していなかった、でも確実に覚えのある出来事の断片が急に夢に現れて驚いたことがあります。

一方で、まったく見たことのない場所、知らない人に囲まれて新たな体験をしていることも多々あるのが不思議なところですが……。

お種さんのように「未来が視える」人というのは、もしかしたら日々の人生経験を潜在意識に蓄積した上で、まるで白昼夢のような形で、これから起きる可能性のある出来事が視えてしまっているのかもしれませんね。

第四章　花見の茶

一

雀もカラスもとっくに出かけてしまったいつもの遅い朝、そよぐ風に微かに梅の匂いを感じる。

「ああ、よく寝たわ。お藍、おはよう」

万智は開け放した窓に向かうと、うんっと喉を鳴らしてお天道さまに向かって大きく伸びをした。

「春の風だわ。桜の時季はもうすぐね」

何の気ない様子で呟いた万智は、はっと藍を振り返った。

「やだ、お藍ったら。急にそんな八の字眉毛にならないでちょうだいな。お藍ならば、きっとうまく行くわ。だって近頃の女将さんのあの様子ときたら……」

その時、女将の住まいになっている離れのあたりから鋭い声が響いた。

「いらない、って言っているでしょ？　私、京の味付けは大嫌いよ。あそこにはろくな思い出がないの」

いかにも生意気そうな甲高い声だ。

「お願い、私のことはひとりにしてちょうだい。あんたと話すことは何もないわ」

応じる声は聞こえない。

きっと女将は俯いて蚊の鳴くような声で返事をして、さっと引っ込んでしまったのだろう。

品川宿から連れて来られてから、女将の娘の里はずっとこんな調子だ。

世話をしてくれる女中に「あの人はどこ？　私に用があるんじゃなかったの？」なんて言ってわざわざ女将を部屋まで呼びつけるくせに、女将本人が現れたら現れたで仏頂面で喰ってかかる。せっかく出された食事も、こんなもの不味くて食べられない、お江戸の味付けがいい、なんて子供みたいな我儘を言う。

里が桜屋へやってきてから、女将が疲れ切っているのは誰の目から見ても明らかだった。

「あのお里が、私と一緒にお客さまの子供たちを預かる仕事をする、なんて話になっていたはずだけれど。女将さんもとんだ目論見(もくろみ)違いだったわね。世話をしなくちゃいけない大きな赤ん坊が増えるだけだわ」

万智が苦笑いを浮かべた。

確かに万智の言うとおりだ。今の里が、桜屋で懸命に働いている姿は想像ができない。

「でも、ずいぶんと女将さんも辛抱強く耐えているもんだねえ。あんな小娘に怒鳴られても『出ていけ！』なんて言わずに我慢しているなんてさ。あのおっかない女将さんとは思えないよ」

染が襟元を直しながら肩を竦(すく)めた。

「やっぱり、乳飲み子のうちに養子に出してしまった、ってことへの罪滅ぼしなのかしらね。確かに夫婦でいくら料亭の仕事に熱中していたとはいえ、我が子をよそへやってしまうっていうのは相当よ。お里の気持ちもわからないでもないけれど」

万智がはっと黙った。

襖が開け放たれた廊下に、いつの間にか女将が立っていたのだ。

皆、何とも気まずい顔で黙り込む。

「お藍、いえ、お藍お嬢さん、少しよろしいでしょうか？」

女将は皆の噂話はすべて聞こえていた顔をして、藍だけを呼んだ。

「私ですか？」

恐々と近寄ると、女将は唇を結んで身を正した。

「桜の宴の日取りが決まりましたので、お知らせに参りました。お種さんが、桜が満開で暖かく、雨はもちろん風もなく、これぞ宴にふさわしい日というのを占ってくださいました。もう一月もありませんが、なにとぞお手柔らかにお願いいたしますよ」

京女らしくたおやかな口調にぴりりと毒を利かせた、普段の女将の姿だ。

「は、はい！　わかりました。どうぞよろしくお願いいたします！」

ついに決まってしまったのか。

藍は深々と頭を下げながら、冷汗が脇を伝うような心持ちだ。

「桜の宴では、二つの催し物を行おうと思っております。まずは、桜屋のご贔屓の中から選ばれた風流好みのお客さまお二人に、闘茶としてお茶の産地を当てていただきます。これで、見物客の皆さまに、選ばれた方々の舌が信頼できるものだと示すことができますでしょう？」

その選ばれた風流好みのお客さま、のひとりが、京ぐるいの仁左衛門、という男か。

そういえば、仁左衛門の相手となるのがどんな人物なのか、まだ聞いていなかったようだが――。

「その後の催しがこの宴の本番です。わたくしとお藍お嬢さんが京とお江戸に立ち、それぞれ茶を出して、お二人と見物客の皆さまに、どちらの茶がより優れた茶なのか、つまり勝ち負けを決めていただくのです」

女将は敢えてなのか、勝ち負け、なんて鋭い言葉を淡々と言った。

その物腰は自信に溢れている。

ふいに、女将が素早く背後を振り返った。

何か物音に気付いたのだろうか。藍には何も聞こえない。

怪訝な心持ちで耳を澄ます。

「ねえ、誰かいないの？　ほんとうにいないの？　ねえ、ねえってば」

離れのほうから、ほんの微かな声が聞こえていた。

つい先ほどの傲慢そうな怒鳴り声とは、まるで別人のように気弱な調子だ。まるで道に迷った子供が、わっと泣き出すのを耐えているかのような不安げな声だ。

「わたくしは行かなくてはいけません。おいとまいたします」

こちらに向き直った女将の顔は、先ほどとは打って変わってどっと老け込んで見えた。

目には力がなく、頰に深い皺が寄る。

「あの、女将さん」

思わず呼び止めた。

「もしよろしければ、私に、お里さんとお話をさせていただけないでしょうか？」

「お里と話す、ですって？」

女将がその名を聞くだけで胃が痛むというように、さりげなく腹に掌を当てた。

「あの娘は、誰の話も聞きやしませんわ。『親に捨てられた私の辛さをわかる人なんて、この世のどこにもいない』っていうのが口癖ですからね」

女将は複雑な顔で唇を嚙み締めた。

「ただ私を呼びつけては、やっぱりいなくなれ、顔も見たくないなんて罵るんです。あれからずっとその繰り返しです」

「お願いします。私なら、お里さんと話せるかもしれません。少なくとも、怒鳴られて追い出されはしないと思うんです」

藍は身を乗り出した。

「どうしてですか？　千寿園のお藍お嬢さんだとしても、桜屋の新入り女中のお藍だとしても。あなたのそののんびりしたお顔を見たら、お里は獣のごとく苛立ちをぶつけてくるような気がしますが……」

藍の顔をまじまじと見つめる。

「私の両親は、二人とも亡くなっているんです。今、千寿園での私の暮らしを助けてくれているのは父の兄である伯父夫婦です」

女将が動きを止めた。

「……そうでしたか。そういえばお身体を壊されたときに、伯父さまの遣いという方々が迎えにいらっしゃいましたね」

「私は親のいない悲しみを知っています。幼いうちにお母さんと生き別れたお里さんの悲しみとは違うものかもしれないけれど。でも、少しはお里さんの気持ちに寄り添うことができる気がするんです」

藍は両手を握り締めて、女将の顔を見つめた。

二

渡り廊下の先の桜屋の離れは女将の住まいになっている。

離れとはいってもそこにあるのは女将が寝起きする部屋だけではなく、いくつもの部屋が襖で仕切られている豪華な造りだ。

里の部屋はいちばん奥にあった。

広い部屋ではないが日当たりが良く、縁側から桜屋の自慢の庭を客とは逆から眺めることのできる良いところだ。

「失礼いたします、お藍と申します。お里さん、お加減はいかがですか？」

盆を手に開け放たれたままの襖から覗くと、里は縁側に座ってぼんやり庭を眺めていた。

「まあ、そんなところで寒くはないですか？　もっとあたたかく着込んでくださいな。お腹に障りますよ」

春の気配が濃いとはいえまだ風は冷たい。慌てて部屋の隅に放り投げてあった掻巻に目を遣る。

「寒くないわ。身体が重くて重くて、むしろ暑いくらいよ」

里がぷいとそっぽを向いた。

確かに里の頬は艶やかに赤みを帯びて、額には汗が滲んでいる。

「新入りが、面倒ごとを押し付けられたわね。悪いけれど、ひとりにしてちょうだい」

里が口を尖らせた。

なかなか遠慮ない口の利き方をする。幼い頃は使用人に囲まれる何不自由ない暮らしをしていたに違いない。

「お茶をお持ちしましたよ」

縁側に並んで、里の横にそっと湯呑みを置いた。

「いらないわ。お腹が大きくなってから、お茶を飲むと吐き気がするの。前は女友達とお茶を飲みに行くのが大好きだったはずなんだけれど」

「水茶屋で出すお茶は、大人が楽しむ嗜好品ですからね。身重や病など身体が弱っているときには向きません。ですが、これでしたら今のお身体でも飲んでいただけるかと」

藍の言葉に、里は不思議そうな顔をした。

湯呑みを手にして湯気の匂いを嗅ぐ。

「麦湯ね！　いい匂い！」

里の顔がぱっと華やいだ。

炒った麦の粉を湯に溶いた麦湯は、祭りの夜店でとても人気がある。

緑のお茶のように気分がすっきりしたり、苦みに目が覚めるような効き目はない。

だが麦湯は何よりも味が良い。

まるで上等な米を使って丹念に煮込んだお粥のような、ほっとする香ばしい甘さが口の中に広がる。大人も子供も大好きな味だ。

里は喉を鳴らして驚くべき早さで湯呑みを空にすると、満足げにはあっと熱い息を吐いた。

「江戸の麦湯は塩辛いわ」

「そうですか？　塩気を効かせたつもりはありませんでしたが」

藍は目を丸くした。

「きっと潮風のせいね。京の麦湯はもっとするすると喉を通って、何にも残らないつまらない味よ」

つまらない、なんてわざわざ毒口を叩く。

「きっと女将さんでしたら、それをいかにも京らしいすっきりした後味、と仰るのだと思いますよ。どちらの言い方も間違っていませんね」

里がぷっと噴き出した。

「あなた、面白いわね。ただの女中じゃないのね」

「西ヶ原の茶問屋千寿園から、桜屋に奉公修業に来ております。桜の宴での京とお江戸のお茶比べのために、ここで学ばせていただいています」

「茶問屋のお嬢さまなのね。どうりで、遠慮のない口の利き方だと思ったわ」

まさにお互い様なことを言って、里はにやりと笑う。

「この麦湯は亡くなった両親も大好きでした。お茶を扱う商売柄、あまり家で麦湯を楽しむわけにはいきませんでしたが」

「二人とも亡くなったのね」

里が覚えず、という調子で気の毒そうに眉を下げた。

すぐに、いけない、いけないというように背を伸ばす。

「ところで、桜の宴のお茶比べ、っていったい何のこと？　それも、京とお江戸のお茶比べ、なんて穏やかではないわね」

里の目が怪しく光った。

藍が桜の宴での闘茶の説明をする間じゅう、里は、ふんふん、と鼻を鳴らしていかにも生意気そうな相槌(あいづち)を打っていた。

「いいわね。京のお茶をこてんぱんにやっつけて、あの人の鼻を明かしてやりましょう。私、お藍に協力するわ」

話が終わった途端、両手をぴしゃりと打ち鳴らす。

「ええっ！　それは困ります！」

まさかそうなるとは思わなかった。

里と女将にどうにか打ち解けてもらいたい、とこの部屋に寄ったのに。

「どうして困るの？　お藍、あの人に勝ちたいんでしょう？　それとも負けたいの？」

「負けたい、ってわけではありませんが……」

里と手を組んで女将と闘うことになるなんて、そんなややこしい話はない。

「何よそれ？　情けないわねえ。そんなことでどうするの！」

こちらを厳しい目で見てくる里のその顔は、少々女将に似ていた。

「京の味のことなら任せてちょうだいな。私、京では知らない人はいないくらい大きな料亭で育ったのよ。この桜屋なんか目じゃないくらいの大店よ」

胸を張ってから、里は急に寂しそうな顔をした。

「あの人は、生まれてすぐの私を、同じ商売をしていて子ができなかった夫婦の店に養子に出したのよ。いったいどんなつもりだったのかさっぱりわからない、って思っていたけれど、初めてあの人に会ってようやく腑に落ちたわ。あの人は、商売敵が赤ん坊にかかりきりになって仕事に手が回らなくなるように、って、あの店に私を送り込んだんだわ」

「そんな、まさか！」

藍は大きく首を横に振った。

そんなふうに嫌がらせ代わりに我が子を託す親なんて、いるはずがない。

「育ての親は、私のことをそれはそれは厳しく躾けてきたわ。お里をこの店の女将にするんだ、って。私だって幼い頃から跡取り娘になる気満々で、両親のために、この店のために、って力いっぱい奮闘したわ。けれどある日、両親がこっそり話しているのを聞いちゃったのよ。『実の子にこの店を託すことができなかったことだけが、心残りだ』ってね」

里はわざとどうでも良さそうに、ははは、と乾いた声で笑った。

「それはとても辛い思いをされましたね。育てのご両親も、ただの迷い言を言われただけだと思いますが」

「迷い言じゃないわ。あれが本心だったのよ。だから私、江戸へやってきたの。京の言葉もさっぱり抜いてね。幸い江戸では少しくらい訛りがあっても、気にする人は誰もいないから助かったわ」

「……お腹の子の父親は、今は、どこにいらっしゃるんですか？」

「そんなの私が知りたいわよ」

里が挑むような目を向けた。

藍は返す言葉がなく黙り込む。

育ての親の家を出てからの里の荒んだ暮らしが思い遣られて、胸が痛んだ。

里が産みの親の女将に助けを求めている、という種の占いは、やはりほんとうだったのかもしれない。

「ね、お藍。一緒にあの人を打ち負かしてやりましょう。私、あの人が悔しがるところが見たいわ。大事に大事に、自分の子よりも大事にしてきた桜屋の看板に、泥を塗られて真っ青になっちゃうところが見たいわ！」

里が眉を尖らせて、わざと意地の悪そうな声を出した。

三

日がとっぷり暮れて、桜屋が店じまいの刻になった。

女中部屋で夕餉（ゆうげ）のお粥を啜（すす）りながら、皆でぺちゃくちゃお喋（しゃべ）りの真っ最中だ。

今日のお粥には四角く切った芋が入っていて、少々硬い歯ごたえと甘みが粥の味の良い彩になっている。

「お坊ちゃんとお嬢ちゃんたち、今日も遊び疲れて、ご馳走をたらふく食べて、すっかり満足して帰っていったわ。でもこっちは、行水から歯磨きから寝巻きに着替えさせて寝かしつけるところまですべてやるんだから、くたくたよ」

万智が明るい顔つきでふうっとため息をついた。

「ご両親に、寝た子を連れて帰るのを忘れないようにしていただかないとねえ。しかしお万智、あんたはよく働くよ。そんな芸当、私にはとてもじゃないけれどできやしないさ。聞いているだけで目が回るね」

染が笑いかける。

「私、弟が四人、妹が三人いるのよ。下の子たちなんて、もうほとんど私が育てたようなもんだから。子供の世話は慣れているの」

「おっかさんは、病弱だったのかい？」

「いいえ、身体がじょうぶな人ばかりよ。でも決まって気が短くて、赤ん坊の世話には向いていない人だったわ」

「あんたにはおっかさんが幾人もいるのかい？」

　染が首を傾げた。

「ええっと、産みのおっかさんでしょう？　上の妹と弟二人のおっかさん、それに下の弟二人のおっかさんに、下の妹のおっかさんに、あ、ええっと、二番目の妹のおっかさんも別の人だったわね」

　皆できょとんとして顔を見合わせた。

「面倒な家だねえ。そんな家で育って、よく根性曲がりにならなかったもんだ」

　染が言いにくいことをさらりと言う。

「まあ、私、なかなかの根性曲がりよ。お染姐さんの前ではおとなしくしているの」

　万智は丸い目をくるくるさせて人懐こく笑った。

　皆でほっとしたように笑い合う。

「その話を聞くと、あのお里って娘はただの我儘娘だってわかるね。この世には、もっと大変な思いをして暮らしている人がごまんといるんだからね。幼いうちに養子に出されたくらいのことで、ぴいぴい恨みがましく喚いて、みっともないったらありゃしない」

藍は密かに胸の内で頷く。

正直なところ、里と話しているとずしんと気が滅入るような気がした。

かつて己を捨てた母が憎いという気持ちはわかる。

だが、その母がこうして己を探し出して面倒を看てくれようとしているのだから、素直にありがとうと受け入れればよいのに。

里は、せっかく母の側にいながら、より憎しみが増したかのような調子で過ごしている。

種の占いはすべて当たる。

その種が、「あなたが手放した娘さん、母上のことを探していらっしゃいますよ」と言ったのだから、きっと里は、品川宿でお腹に子を抱えて途方に暮れて、産みの母親を恋しく思っていたはずなのだ。

どうして素直になることができないんだろう。

「お万智のおっかさんは、よほどみんないい人ばかりだったんだろうねえ？」

染に訊かれて、万智は大きく首を横に振った。

「そんなことないわ。嫌な人もいたわ。一度なんて、私のことを二六時中棒切れで叩いてくるおっかさんが来ちゃったときは、兄弟皆で手を組んで、家から追い出したこともあったんだから。幸い、いちばん下の妹のおっかさんはすごくいい人で今も慕っているけれど。人と人とは今この時から親子ですよ、なんて言われてすぐに親子になれるもんじゃないわ」

ひやりとするようなことを言う。

「けどね、私たち兄弟には婆さまがいたから。お藍にあげた、生姜飴の婆さまよ」

藍のほうを見てにんまりと目配せをする。

婆さまの生姜飴。

寝込んでいた藍の口の中に広がった、生姜の辛さと黒蜜の優しい甘みを思い出す。

「林の奥で暮らしていた婆さまだけは、いつもいつだって私のことを、兄弟たちのことを大事に大事に可愛がってくれたから、家にいるおっかさんがどんなに嫌な奴でも別に平気だったわ。いよいよのときは婆さまのところに逃げて行けばいいってわかっていれば、この憂き世の面倒ごとなんて気楽なもんよ」

「へえ、そんな人がいたのかい。べたべたに甘やかしてくれる婆さまってのも、たまにはいいもんだねえ」

染が良い話を聞いた顔で大きく頷いた。

「ねえ、お藍。人の想いって、きっとすぐには伝わらないわ」

万智は、藍に真面目な顔を向けた。

「ゆっくりと、長く一緒に過ごしてみなきゃいけないの。嬉しいことばかりじゃなくて、かといってもちろん悲しいことばかりでもなくて。そのちょうど間くらいの、別に何の面白みもない日の積み重ねが、人と人との繫がりを作っていくんだと思うの」

藍は頷いた。

「お里には、もうじき赤ん坊が生まれるんだろう？　乱れた心のままで人の親になるだなんて、お里にも、お腹の子にもあまりにも不憫な話だね」

染がしゅんとした顔をした。

「せっかく産みの母と暮らすことができるようになったんだから、どうにかあの二人には打ち解けて欲しいわね。お藍、頼んだわよ！」

「それって、私がやらなくちゃいけないことなの？」

藍は情けない声を上げて眉を八の字にした。

皆がぷっと噴き出す。

「そうよ、お藍は、この桜屋を立て直しに来てくれたんでしょう？」

えっ、と目を丸くする。

ええっと、そうだったっけ？　なんて気の抜けたことを己に問いかけてから、皆の笑顔に、ふいにふつふつと腹の底から力が湧くのを感じた。

桜の宴が近づいている。

こうして皆の顔を見ることができるのも、もうわずかだ。

闘茶も、里のことも。今の私にやれる限りのことをやってみよう。

「わかったわ。任せておいて」

万智の真似をして言ってみたら、女中部屋がしんと静まり返った。

「そうでなくっちゃ！」

万智が掌を打ち鳴らした途端に、部屋の中に暖かい笑い声が広がった。

四

「だからいい？　お藍、京の味っていうのは、とにかくお高く留まって冷たくて意地が悪いのよ。まるであの人みたいにね」

「ええっと、意地が悪い……ですか」

藍は呆気に取られて目を白黒させた。

里の部屋で帳面を開いて筆を手にして、いかにも教えを乞う姿らしくしていたところだ。

「そうよ、京の女ってのは、みんな根性曲がりよ。情がなくて意地悪で、実の娘を手放しても、何とも思わないような血の通っていない人たちよ」

里が膨れっ面をする。

「……お里さん、いつの間にか京の〝女〟のお話に変わっていますよ」

藍が窘めると、里は「えっ？」と眉を尖らせた。

「でも、とても勉強になりました。はっと目が覚めるような濃い旨味、他には決して真似できない香りの高さ。それでいて後味はすっきりと。桜屋の料理人さんたちから聞いたお話の数々が、お里さんのお陰でよりはっきりとわかるようになった気がします」

京と江戸のお茶対決をすると決めてから、藍は桜屋の料理人たちに京の味について訊ねて回っていた。

皆、快く力になってくれたが、料理人たちには矜持があるのか、京と江戸の味の違いをあげつらってどちらが良いどちらが悪いというようなことは決して言わない。

一方で里は、重箱の隅を突くように京の味の悪口ばかりを言う。

里の話どおりに聞いていてはいけないのは百も承知だ。

だが、「京の店は最初の一口で客をねじ伏せて、あとは涼しい顔をしているのよ」とか、「どんなに濃い旨味があっても後味が水みたいにすっきりしているのは、食事が終わったら早く帰れ、って意味よ」などなど。

わざと嫌味だらけの里がぽろりと零す言葉の端々に、京の味の本質がちらりと見え隠れするような気がした。

「お藍さん、万屋一心さまがいらっしゃいました。今はお里さまとお話をされているとお伝えしたのですが、大事な用事があるとのこと。どういたしましょう？」

襖が開いて、女中が声を掛けた。

「万屋一心、ですって？　あの万屋一心なの？　どうして彼が桜屋に？」

里の目が光った。

「一心さんは、桜屋の花見の宴を取り仕切っているんです」

「私も行くわ！」

里が藍の言葉を遮るように言った。

「『万屋一心一代記』、この十年で私が読んだ本はあれだけよ。あんなにわかりやすくて、あんなに心に響く、あんなに素敵な本は初めてだったわ。一心さまって、あの挿絵どおりの色男なんでしょう？　行く、行くわ！」

里はすっかりはしゃいだ様子で立ち上がる。

里が一心の本を読んでいたとは知らなかった。そんなところは女将と好みがぴしゃりと合っている、と伝えたら嫌がるに違いないが。

「私の本を好むのは気の強い女が多い」なんて一心の言葉が、また胸に蘇る。

「ええ、いいですよ。でも、一心さんの前では女将さんに嫌な態度を取ってはいけませんからね。女将さんも一心さんも、そして私も、真剣に桜屋の花見の宴をうまく進めようと一所懸命考えているんですからね」

優しく諭した。

「……わかっているわ、一心さまの前ではおとなしくしているわよ」

渋々ながら頷いた里を連れて客間へ向かうと、廊下で女将と男同士が話す声が聞こえた。

あれ？　と思う。

「失礼いたします」

襖を開けると、思ったとおり一心の横に若い男が座っていた。なかなか整った顔立ちの育ちの良さそうな物腰の男だ。

「初めまして。藍と申します。こちらは……」

「お里⁉　どうして出てきたのですか？」

女将の声に微かに棘があった。思いがけない姿が急に現れて驚いたに違いない。

と、里の眉間に鋭く皺が寄る。

「ご迷惑だったでしょうか？」

女将は慌てて口に手を当てた。

「い、いえ。そんなことはありませんが……」

藍に救いを求めるような目を向けた。

「お里さんは、一心さんの本をお読みになったそうなんです。ぜひとも一心さんにお会いしてみたいと仰るので、一緒に参りました」

藍は場の雰囲気を崩さないようにと、わざと朗らかな声を出す。

いつ里が女将に噛みつくのではと、冷汗を掻きそうな気分だ。

「そうでしたか！」

身を乗り出して答えたのは、一心ではなく傍らの若い男だった。

里が顔を上げてほんの刹那、息を呑んだ。

「……万屋一心さまでいらっしゃいますね？　挿絵のお姿とそっくりでいらっしゃいます」

「へっ？」

素っ頓狂な声を上げたのは、傍らの当の一心だ。

「お里さん、一心さまはこちらのお方ですよ」

藍はぷっと噴き出した。

「ええっ……」

そんなあ、と続く言葉がありありとわかる顔で、里があんぐりと口を開けた。

「こちらは、三好屋宗助さまだ。私の本の熱心な読者でいらっしゃる」

一心が渋い顔をして傍らの若者を手で示した。

こんな丸顔が万屋一心のはずがないと、里には目もくれられなかったことに相当傷ついているに違いない。

「この宗助さまが、花見の宴で仁左衛門との闘茶に挑んでくださるお方なんだ」

一心に紹介された宗助は、人当たりの良さそうな顔でにっこりと笑った。

「三好屋？　それって、河原町にある呉服屋の三好屋のこと？」

里が、宗助の仕立ての良い着物に目を向けて怪訝そうな顔をした。

「三好屋をご存じですか？」

宗助が目を丸くした。

「ええ、もちろん。京で三好屋の名を知らない人はどこにもいませんわ」

「あなたは京の人なんですか？　失礼、一見したところそうとはわかりませんでしたが……」

「お里はしばらく疎遠にしておりました私の娘なんです」

女将が、どうか余計なことは話さないで欲しいという不安げな顔をした。

「そうでしたか！　どうりでお美しい！　いやあ、こりゃ驚いた！」

里は宗助のお世辞に頰を染めてから、

「あなたのほうこそ、ちっとも京の人には見えないわ。京の男はそんな開けっ広げなお世辞は言わないものよ」

と、くすっと笑った。

「そうだ、宗助さまは、お江戸ぐるいの京男でいらっしゃる」

一心が藍にも聞かせる調子で言ってにやりと笑った。

「私は幼い頃からどうにも京の水が合わなくて、あそこでは生きづらいばかりでしてね。十四で親の口添えでお江戸に出てきたんです。するとお江戸は楽しくてたまりませんよ。まさに水を得た魚、翼を得た鳥のように、日々伸び伸びと遊び暮らしております」

「遊び暮らしているなんてとんでもない。寺社の参道で京反物の端切れを売る店を開いて、大成功されているお方だ」

一心が付け加えた。

「私は、もうすっかり心が江戸っ子ですからね。江戸っ子が好む京反物の柄というのはどんなものか目が利くんですよ。実家の三好屋で、京の客に人気がなくて売れ残ったものを安く買い受けて、こちらで売っております」

宗助はやり手の商売人らしく、大したことではなさそうに肩を竦めた。

「……ご立派だわ」

里の上ずった声に、藍はおやっ？　と横目を向けた。

「いやいや、お褒めいただき恐縮です。綺麗なお嬢さんに褒めていただけると、嬉しいものですな」

宗助は頬を赤らめている。

二人はじっと見つめ合った。

「お里、もうそろそろ戻りなさい。身体に障りますよ」

思いのほか鋭い声に、はっと顔を上げる。

女将が小さく首を横に振った。

「お身体に障る？」

宗助が不思議そうな顔をした。

「お里は身重の身体ですの。娘のように燥いでいる場合ではございません」

「燥いでなんかいないわよ。なんて嫌味な人なの！」

里が女将を睨みつけた。

素早く立ち上がると、藍が止める間もなく廊下へ飛び出して行く。

「お恥ずかしいところをお見せいたしました」

女将が宗助に向かって深々と頭を下げた。

「お里お嬢さまは、何か訳ありということでございますか？」

宗助が、慎重に言葉を選びながら言った。

五

日が暮れて、桜屋の客間は宴席の客たちで賑わっていた。

だが庭を挟んで客間とはちょうど向こう側にある離れは、今の時分は女中も女将も出払ってしんと静まり返っている。

「お里さん、どうぞご機嫌を直してくださいな。いくら気が進まなくても、何か食べなくちゃいけませんよ」

藍が声を掛けると、襖の向こうで里が「放っておいてってば！」と鋭い声で答えた。

「放っておけませんよ」

藍は眉を下げて襖を開けた。

泣きべそ顔の里が「何よ、勝手に入らないで」と文句を言う。

だがその口調には力がない。

あれから臍（へそ）を曲げてしまって何も食べていないというのだから、腹が減って当たり前だ。

いつもどおり桜屋の炊事場で働いていた藍は、女将に泣きつかれて里の様子を見にやって来たのだ。

「お粥を持ってきましたよ。私たちが夜遅くの夕飯に食べているものなので、質素なものですが」

藍が盆を差し出すと、里が「お粥？　具は何なの？」と鼻をひくつかせた。

里の腹がぐうっと鳴る。

「なんだかそのお粥、京の味付けじゃなさそうね。だったら、少しお腹が減ってきたかもしれないわ」

決まり悪そうな顔で腹を押さえる。

「大豆を一緒に煮込んでいます。ぐっすり眠れるって評判の献立なんですよ。さあ、一口どうぞ」

藍が促すと、里は渋々という顔で一口。それからまた渋い顔のままでもう一口。

粥はみるみるうちになくなった。

「大豆の具に醬油の味付けね。いかにもお江戸って雰囲気の塩辛くていい味ね。私、これならばいくらでも食べられるわ」

里の、塩辛くていい味、なんて言い草に思わずくすっと笑った。

江戸の味は、塩気が強いだけで何でも醬油でごった煮の雑な味付け、と悪口を言われることがあるのを知っていた。

「喜んでいただけて良かったです。お江戸好みの宗助さまにも気に入っていただけそうな味でしょうか」

　宗助の名を聞いた里は、ふいに顔を曇らせた。

「……ええ、きっとあの人も好きな味に違いないわ」

　大きくため息をつく。

「私、あんなに気が合いそうな人に出会えたのは初めてよ。でもそう思ったときにはもう遅い。人の縁、ってのはうまく行かないものなのね」

　大きなお腹を寂しげに撫でる。

「お二人は、良いお友達になれそうですね」

　藍も物悲しい心持ちで、当たり障りのない相槌を打った。

　藍から見ても、里と宗助はずいぶんとお似合いの二人だった。

　二人が見つめ合ったときに漂った親密なものに、気付かないはずはない。

　だが宗助に、腹に子がいる里を受け入れるだけの想いを求めるのはさすがに酷だろう。

　女将は里が傷つくかもしれないとわかっていたからこそ、釘を刺したに違いない。

「女将さんは、お里さんのことを大切に思っていますよ。もう少し心を開いてお話をしてみてはどうですか？」

気を取り直して女将のことを話した。

「嫌よ。あの人と話すことなんて何もないわ。向こうだって何を話したらいいかわからないんですもの。二人でずっと押し黙っているだけ。退屈で仕方ないわ」

里が顔を顰めた。

「でも、女将さんはお里さんと仲良くなりたいと思っていらっしゃいますよ。仲直りをして、二人で一緒に桜屋を切り盛りする先行きを信じていらっしゃいます」

種が占った桜屋の先行きに、呆然としていた女将の顔を思い出す。

あれからすぐ、間髪容れずに女将は里を探し始めたのだ。

「一緒に桜屋を切り盛りする、ですって？　そんな調子のいい話ってあるのかしら？」

里は嫌なことを思い出したような顔をして、しばらく仏頂面で黙り込む。

「ねえ、お藍、私、いいことを考えたんだけれど」

里の妙に明るい口調に捻くれたものを感じて、藍は身構えた。

「いいこと、って何でしょうか？」

「私、あの人が桜の宴でどんなお茶を出そうとしているか、調べてあげましょうか？　私が仲直りしてあげるふりをすれば、きっと簡単に口を割るわ。敵の出方がわかれば、お藍のほうはずっとうまく闘えるはずでしょう？」

「ええっ？」

思わず身を引いた。

「そう、それがいいわ。きっとあの人、過去の悪事をすべて私に許してもらったと思って有頂天になって、ぺらぺら何でも話すはずよ。その間抜け面を見てやりたいわ」

「お里さん、いけませんよ」

藍はきっぱりと首を横に振った。

「桜の宴の闘茶は、私と女将さんの大事な勝負です。それをお里さんに面白半分に引っ掻き回されては迷惑です」

里はぽかんと口を開けている。

藍の思いのほか強い口調に、驚いたのだろう。

どうか想いが伝わってくれと祈るような心持ちで、藍は覚悟を決めた。

「お里さんは、女将さんに甘えたくとも甘えられないのですよね？　そのお気持ちはよくわかるんです。でも」

「私、あの人に甘えたいなんて一言も言っていないわ！」

　里が口を尖らせた。

「お里さんはほんとうは、女将さんと楽しく過ごしたいんですよね？　そうでなければわざわざ仲直りをしたふりをしよう、なんてことできるもんじゃありません」

「お藍のためにやってあげようとしたのに、酷（ひど）い言い方ね」

　憎たらしい顔をする。

「私が、そんな卑怯な真似をして勝って喜ぶように見えたのなら、とても残念です」

「……そんなつもりじゃないわよ」

　里は決まり悪そうに目を伏せた。

「お里さん、己の心に素直になってくださいな。子が親に甘えるのに、理由なんていらないんです。せっかくお里さんはこうして産みの親と再び会うことができたのだから、それを感謝して受け入れればこれほどの幸せはありませんよ」

「うるさいわね！　見当違いなことばかり言わないでちょうだい！」

里が声を荒げた。

「せっかく一所懸命奮闘しているから、って力になってあげようと思ったのに。もうお藍なんて知らない！　あの人にこてんぱんにやっつけられて、大恥を掻くといいわ！」

「お里さん……」

「あっちへ行って！　お藍なんて大嫌いよ！」

里は藍の手を振り払うと、女将に向けたものと同じような鋭い目で睨んだ。

六

西ヶ原の千寿園、伯父の蔵之助の家の縁側で、藍は目下に広がる茶畑を見つめた。

冬の寒さを乗り越えた硬い茶葉の先に、新芽が伸び始めていた。

茶畑は力強い濃く深い緑色と、瑞々しい黄味がかった青色の二色で彩られている。

まるで陽の光を映して輝く海原のようだ。

「さあ、これが千寿園の茶の中でいちばん上等な茶葉だよ。これならば、京ぐるいの江戸っ子も、江戸ぐるいの京男も……ああややこしい！　きっとどちらも、いかにも西ヶ原の茶らしい鮮やかな苦みと渋みにはっと目を見開くに違いないぞ。だが産地を当てる闘茶のお題にしては、ちと容易すぎるかもしれんがな」

今日は千寿園へ、闘茶に使う茶葉をもらいにやってきた。

伯父の蔵之助が差し出した掌に載るくらいの量の茶葉は、油紙で幾重にも包まれている。

長い付き合いの料亭に頼まれたときにだけ卸す、ほんのこれくらいの量で目玉の飛び出るような値がつく上等な茶葉だ。

「やはり西ヶ原の茶葉というのは、苦みと渋みが特徴なのでしょうか」

藍が顔を近づけると、油紙越しに透けた茶葉が鮮やかな青い光を放っていた。丹念に揉み込んで陽で乾かした茶葉のはずなのに、その色は生の葉のように明るい。

五つの産地の違うお茶に、花、鳥、風、月、客の名をつけて、それぞれの産地を当てさせるのが一般的な闘茶の決まりだ。

今回は二つ目の催しが控えているため、宇治の茶、西ヶ原の茶、あと一つ別の地方の茶の三つを飲み比べる形になる。

「ああそうさ。西ヶ原の茶は苦みと渋みが自慢さ。一口目の旨味ばかりにこだわる甘ったれた宇治の茶とは別物だぞ」

蔵之助はわざと宇治の茶を敵視して、眉を顰めて胸を張る。

「とは言っても、旨味、ってのは難しいものだがな。その名のとおり、旨味は『美味い！』と感じる心さ。何を美味いと感じるかは、生まれ育ちによって皆違う」

急に人の良さそうな顔に戻って、頭を掻く。

「やはり、皆さんそう仰いますね。京とお江戸、あまりにも遠く離れていて、あまりにも違います。そのどちらからも美味しいと思ってもらえるようなお茶、というのは難しいものですね」

「京とお江戸のお茶対決だな。お藍は、今のところどんなものを考えている？」

蔵之助が腕を前で組んだ。

「とにかく、お江戸にしかないもの。流行好きで華やかなお江戸らしい、新しくて驚きのあるものを考えています」

「く、葛湯の茶はいけないぞ。あれはあまりにも新しすぎる味だと聞いたぞ……」

蔵之助が焦った様子で割って入った。

以前、藍が試しに作ってみた、お茶にとろみをつけた葛湯の話をしているのだ。あれは確かに藍自身も認める酷い味だった。まるで沼の水を飲んだように、口の中にいつまでも青臭さが残ってしまうのだ。

「わかっています。新しいだけではなくて、きちんと美味しいものを、と考えています」

藍はくすっと笑った。

「でも、そう考えるとまた元のところに戻ってしまうんです。うまい、美味しい、って何のことなんだろう、って」

「料理ならばわかりやすいな。一口食べたそのときに、人それぞれの細かい好みを乗り越えてしまうほどの、ぐうの音も出ないような美味いもの、というのはほんとうにあるらしい。一流の料理人たちは、それを目指して日々鍛錬に励んでいるそうだ」

「それぞれの好みを乗り越えるような美味しさですか……」

「だが、茶は料理とは根っこのところから違うものだ」

藍は顔を上げた。

「食べ物は生きるために必要だ。腹が求めて身体が求める。だが茶は、生きるのに少しも必要ではないだろう。喉が渇いて水気を取りたければ、ただの川の清水をごくごくと飲むのがいちばん良い」

「じゃあお茶は、何のためにあるんでしょう？」

藍は首を傾げた。

「腹ではない、ということは、胸の内が茶を求めているのかもしれないな。大の大人はいろんな面倒ごとに気をすり減らす日々の中で、美味しい茶を一口飲んでほっとしたい、と胸の内で求めているんだ」

「じゃ、じゃあお茶の味っていうのは、食べ物のように舌で味わうものではないのかもしれませんね」

ふいに頭に浮かんだ言葉を口に出すと、蔵之助が不思議そうな顔をした。

「お茶の味は、きっと身体じゅう至るところでその心地良さを堪能するものなんですね。だから苦みや渋み、なんて本来悪い意味に使う味さえも、『美味しい！』って言えてしまうんです」

藍はぱちんと手を打ち鳴らした。

「お茶っていうのは、その味のことだけを考えてはいけないんですね。これまで私が思っていたよりも、もっと伸び伸びといろんなことを試すことができるものなのかもしれません。何かわかりかけた気がします！」

蔵之助は藍の言葉の意味をしばらく考えるような顔をしてから、

「そうだな。お藍の言うとおりかもしれないな」

と頷いた。

七

千寿園に顔を出したついでにとぐっすり庵に向かう道すがら、ふいに藍はぎくりと足を止めた。

気のせいか、ともう一度歩を進めようとしてから、やはり何かがおかしいと振り返った。

素早く木の陰に隠れる人の姿が目に入った。木の枝がざっと鳴る音。

誰かに後をつけられている。

「誰なの？」

ふいに胸に浮かんだのは「お藍なんて大嫌い！」と言った里の顔だ。気にしないようにしていたつもりだったが、大人にもなって誰かから「嫌い」なんてはっきり言われるのはずいぶんと胸に堪（こた）えていたに違いない。

「お里さん？」

声を掛けてから、いや違う、と思った。

お腹の大きな里が、目にも止まらぬ速さで隠れるなんてことができるはずがない。ならばいったい誰だろう。

一気に血の気が引くような心持ちで、遮二無二走り出した。

転がるように林を走り抜けたそのときに、縁側で西日に向かって大あくびをしている松次郎の姿が目に付いた。

「兄さん！　たいへんよ！　林に誰かいるの！　私のことを追いかけてきたんだわ！」

泣き出しそうになって松次郎に駆け寄った。

言いながら、ぐっすり庵まで走ってきてしまったのは失敗だった、と気付く。

もしも長崎でお尋ね者になった松次郎の行方を捜している誰かだとしたら、追手を招き寄せてしまうようなものではないか。

あの場では、踵(きびす)を返して千寿園の家に駆け戻るべきだったのだ。

でも、誰が潜んでいるかもわからない方向へ駆け戻るなんてそんな恐ろしいこと……。

「なんだ、なんだ。こんな真昼間から、お化けか熊にでも出くわしたか。お藍はまったく臆病者だなあ。なあ、ねう？」

松次郎は小指で耳をほじりながら、普段通りの至って呑気(のんき)な調子だ。

「おうおうおーう」

ねうも長い尾っぽをゆったり回しながらご機嫌な様子だ。

「兄さん、ほんとうの話なのよ。誰かが私の後を付けていて……。あら？　ねう？　ええっと、あれっ？　ねう？」

縁側にもう一匹、ねうにそっくりな柄の猫がお尻を向けていた。

「しっ、ねう。ああ、残念。失敗だ。先に『おうおう』なんていつもの調子で返事をしたら、どちらが本物かお藍にすぐにわかってしまうじゃないか。せっかく可愛い妹をぎょっと驚かせて楽しもうと思っていたのに……」

松次郎が縁側の猫を抱き上げて、藍に向かってぽーんと放った。

「きゃっ！　兄さん！　ひどいわ！　猫を放り投げるなんて！」

驚いた猫にばりばりと引っ掛かれることを覚悟して、慌てて抱き留めた。

ぽすんと綿の音がする。

「あら？　これ、人形なのね」

藍の腕の中にあるのは、ねうにそっくりでねうと寸分たがわぬ大きさの人形だ。

本物と同じようにずっしりと重い。

「そうだ、これは俺と福郎がこの幾月も寝る間も惜しんで作り続けた〝ねう人形〟だ。今このときの私の眠りの研究のすべてを、この〝ねう人形〟作りに費やした」

松次郎が胸を張った。

「〝ねう人形〟ですって？　この可愛い人形が兄さんの眠りの研究のすべてなの？」

藍は、目がきらきら輝き口元はにっこりと微笑(ほほえ)む、とても可愛らしい顔をした猫の人形の顔をしげしげと眺める。

「今このときのすべて、だ。まだまだ先は長く夢はどこまでも広がるぞ。な、ねう？」

松次郎の傍らで、本物のねうが「きゅっ」と鳴く。

「ずいぶんと良いつくりのお人形、っていうのは認めるわ。でも、いったいこれがどうして兄さんの……」

そのとき、林の中で「ひえええ！」と声が響いた。

「松次郎先生、たいへんです！　たいへんです！　誰かが私の後をつけているのです！」

薪(まき)拾いの籠(かご)を背負った福郎が、腰を抜かさんばかりに駆け込んできた。

「あっ！　お藍さん、お久しぶりです。いらっしゃいませ！　いやいや、悠長にご挨拶をしている場合ではありません。林の中で、怪しい影が！」

「福郎くんも出くわしたのね！　振り返ると、素早く身を隠したでしょう！」

「そう！　そうなんですよ！　ですが私のいかにも子供らしいすばしっこさには勝てなかったのでしょうね。大木の陰、頭隠して尻隠さずで、見事な彩りの西陣織で着飾ったお尻の大きな図体が半分は見えておりましたが」

「えっ？」

「あの男の装いは、江戸っ子じゃありませんよ。きっと西からの旅の途中のぽっちゃり肥えたお金持ちです」

福郎が己のお尻を叩いて見せた。

そんな呑気な身体つきならば松次郎の追手ということはないだろうと、藍はひとまずほっと胸を撫で下ろす。

「旅の途中の金持ちが、どうして西ヶ原の林の中でお藍と福郎を追っかけまわしているんだ？」

松次郎がねうの毛並みを撫でながら面倒くさそうに訊く。

「確かに、松次郎先生の仰るとおりです。道に迷ったならば、ただ気軽に声を掛けてもらえれば良いはずですよね。あんなお洒落な格好をしているならば、追はぎをするつもりもなさそうですし。それに、旅の途中にしては大きな荷物を担いだ様子も一切ありませんでしたね。宿に物を置いて、物見遊山の最中でしょうか？　でもせっかくの旅の物見遊山の最中に、林の中へ？　ええっと、そんなはずはありませんよね？」

福郎が首を傾げる。

「福郎くん、私、その人に心当たりがあるかもしれないわ」

「ええっ？　それはどこの誰ですか？　お江戸広しといえども、今の話で思い当たりそうな人なんてそうそういなそうなので、きっとその方にちがいありません！」

福郎が身を乗り出した。

「京が好きでたまらない江戸っ子。京ぐるいの仁左衛門さんよ」

「へえっ？」

「へっ？」

福郎の声に、野太い大人の声が重なった。

慌てて皆が振り返ると、呆気に取られた顔で口をあんぐり開けた男が、雑草の陰からよろめきながら出てきた。

「この人！　私が林の中で見たのはこの人ですよ！」

福郎が目を丸くして指さした。

「お嬢はん、あてのこと、ご存じでらっしゃいます？」

「なんだ、その気色悪い喋り方は！　やめろ、やめろ！」

松次郎がぎゃっと叫んで、鳥肌を押さえるように己の身体を擦った。

京ことばを真似ているに違いないが、言葉の抑揚だけは江戸っ子のそれなので、何とも奇妙な語り口だ。

「お兄はん、ごめんやし。かんにんえ」

「やめろと言っているだろう！　やめないと、この毒猫をけしかけるぞ。この猫は爪に毒を持っていて、ひとたび引っ掻かれたら最後、その傷は永遠に治らず身体が朽ち果ててしまうという恐ろしい猫だ！」

松次郎に抱きかかえられたねうが心底迷惑そうに「ううう」と鳴いた。

「毒猫だって？　そりゃいかん。田舎町の山奥には物騒な獣がいるもんだな」

男は急に白けた顔をすると、「お察しのとおり私が京ぐるいの仁左衛門だよ。ちょっくらお藍さんとやらに用があってね。二人でゆっくりと話せる機会を窺っていたのさ」と決まり悪そうに肩を竦めた。

「桜屋の花見の宴で、闘茶に出ることに決まった仁左衛門さんですよね。私に御用って何ですか？　それもあんなこそこそと」

藍は怪訝な心持ちで訊いた。

「回りくどいことは省こう。お藍さん、あんた私と手を組まないか？」

悪どい顔でにやりと笑って、仁左衛門は声を潜めた。

八

「最初の闘茶に出す西ヶ原の茶を分けてくれたなら百両。次に、京とお江戸のお茶対決でどんなものを出すのかをあらかじめ教えてくれるなら、その倍は出そう。蘊蓄を語るにはじゅうぶんな用意が必要だからな」

ぎらついた目の仁左衛門が身を乗り出した。

「ええっ？　そんなことできるはずがありません！」

「お藍、その仁左衛門殿の言うとおりにしろ」

松次郎が真面目な顔で割って入る。

「人の誇りというものは、一両や二両なんてはした金では決して売り渡してはいけない。しかし百両ともなればそれはまた別の話だ。それだけあれば数年は安泰に暮らせるぞ。のんびり過ごす寿命を買うと思えば、誇りなんてつまらないものにこだわっては大損をするぞ。ねうには毎日鰹節を、福郎には甘い甘いおやつを出してやろう。二人ともよかったな。くれぐれもお藍に礼を言うんだぞ」

「こらっ、兄さん！　何を言っているんですか！」

藍は松次郎をぎろりと睨んだ。

「悪い話ではないと思うがね。別にあんたにわざと負けろと言っているわけではない。ただ手の内を明かして欲しいと、それだけさ」

仁左衛門が苛立ったように勢いよく息を吐いた。

「どうしてそんなことを？」

藍は身を引きながら訊く。

「私はお江戸一の京ぐるいだよ。万が一、闘茶を間違えてその風流好みにけちでもついたら、面目丸潰れさ。京ぐるい仁左衛門、なんて名で書いた本やら、評判の煮売り屋と組んで考案した京風味の献立が、あっという間に偽物だと思われちまう」

「確かにそのとおりだ。そんな風体でありながら京の味がろくにわからないとなれば、京ことばをお江戸の抑揚で喋る何とも奇妙なぽっちゃり男、って、皆に馬鹿にされるだろうな」

松次郎がふむふむと頷く。

「兄さん、余計なことを言わないで。失礼でしょ」

「そちらのお兄さんの仰るとおりさ。私は、どうしても勝たなくちゃいけないんだ」

仁左衛門が血走った目を見開く。

「仁左衛門さんならばそんな卑怯な謀をしなくてもお茶の産地くらいすんなりと言い当ててしまうはず、って。一心さんはそう信じて仁左衛門さんを選んだのではないんですか？」

「ああ、もちろんそうさ。そうに決まっているさ。けれどね、万が一、ということはあるだろう。その万が一、が命取りなんだよ。どうか力を貸しておくれ」

仁左衛門が眉を下げて藍に取り縋る。

「無理です。そんなことできませんよ。このお話は聞かなかったことにいたします。兄さんからも説得して差し上げてくださいな」

「そんなことを言わずに、どうか、どうか」

困り切って松次郎に目を向けて、あれっと思った。

さっきまでふざけた調子だった松次郎が、真面目な顔で仁左衛門を見つめている。

「……仁左衛門、このところ少しも眠れていないな。目の下の隈に、ぎらついた瞳、それにちっとも血の巡りが良さそうではないのに、息が上がった早口。さらに人の話をろくに聞いていない。これぞまさに眠れていない者らしい姿だ」

松次郎がぼそりと言った。

「えっ？　どうしてそれがわかるんだい？」

仁左衛門がはっとした顔をした。

「俺は医者だ。身体の具合の悪い者はさすがに一目でわかる。わかったからと言って治せるかどうかとは、すっかり別の話だが……」

「医者だって？　どうしてこんな林の奥に？　町中で医院を開けないわけがあるのかい？」

藍は、まずい、と顔を顰めた。

これまで仁左衛門は、松次郎のことをただの林の奥でぶらぶらしている変わり者と思い込んでくれていたに違いない。

「余計なお世話だ。お前がどうして眠れないのか、もしも見立てて欲しければ見立てやろう。先ほども言ったとおり、治せるかどうかとはまったく別の話だが」

「教えておくれよ。実のところ、この一月近くほとんど眠れなくて困っているんだ。眠れなければ不安が増して焦りに捕らわれる。そのせいでいても立ってもいられなくなって、こんなところまで来てしまったんだよ」

仁左衛門が悲痛な声を出した。

「仁左衛門、お前はずいぶんこだわりが強い性格だな。どうせ、桜の宴の闘茶に出るように頼まれたその日から、ひたすら毎日、ありとあらゆる地方の茶を取り寄せ、がぶがぶと飲み比べて練習をしていたんだろう？　そのこだわり過ぎる心根のせいで、眠りを妨げてしまう茶の性質が利きすぎたんだ」

「茶のせいだって？」

仁左衛門が渋い顔をした。

確かにお茶には、眠気を覚ます効能がある。

藍自身は当然のこととして知っていたので、お茶の研究の際はなるべくたくさんの量を口にしないように気をつけていた。

だがそれを知らない仁左衛門が、闘茶に備えて毎日真面目に何杯もお茶を飲んでいたら、眠れなくなってしまって当たり前だ。

「仁左衛門さん、そうだったんですね。今のように根を詰めて闘茶の練習をすることをやめれば、すぐに眠れるようになりますよ」

藍に金をちらつかせて裏で取引をしよう、なんて馬鹿な考えも、眠れなくて苦しんだせいだと思えば、許してやりたい気持ちにもなってくる。

「練習をやめるだって？　ちょっと待ってくれ。そんなことをしたら、かえって不安で眠れなくなっちまうよ」

仁左衛門が納得いかない顔で首を横に振った。

そのとき、ねうが「にゃあ」と鳴いた。

「お藍さん、ねうの出番のようですね」

福郎が耳打ちして、ねうを藍の傍らに押しやった。藍は頷く。

「仁左衛門さん、今はこの眠り猫のねうを抱いて、少しゆっくりお休みくださいな」

藍はよいしょとねうを抱き上げると、仁左衛門に差し出した。

「眠り猫、だって？」

仁左衛門が怪訝な顔でねうを抱いた。

ねうと藍を見比べるだけではなく、助けを求めるように松次郎や福郎の顔までちらちら見ているのが気になったが、猫が苦手な人なのかもしれない。

「さあ、怖がらないでくださいな。さっきの、毒猫、なんて話は大嘘(うそ)ですからご心配なさらず」

「怖いってことはないけれどね、ええっと、まあいいか。これでいいのかい？」

と、その目がとろんと垂れた。

首がかくんと落ちる。

「どうぞ、ぐっすりおやすみください」

縁側で横になった仁左衛門に、にっこり微笑んで掻巻を掛けてやろうとしたところで、

「きゃっ！　たいへん、間違えたわ！」

思わず小さな悲鳴を上げた。

仁左衛門がいびきを掻きながらひしと抱き締めているのは、本物のねうではなく松次郎が作ったねうの人形のほうだったのだ。

「おう?」

背後で本物のねうが不思議そうに首を傾げる。

「福郎、やったぞ!　〝ねう人形〟の効能は素晴らしい!」

「ああ、松次郎先生、ついにやりましたね!　仁左衛門さん、〝ねう人形〟を抱いてすぐにぐっすりと寝込んでしまいました!　大成功です!」

二人で顔を見合わせてはしゃいでいる。

「私も人形のねうだって、少しもわからなかったわ。だって本物みたいにふわふわしていて、柔らかくてあたたかくて……」

歓声を上げる二人に、藍は狐(きつね)に抓(つま)まれたような心持ちで目を瞠(みは)った。

九

ぐっすり庵に仁左衛門の高いびきが響き渡る。

「兄さん、教えてちょうだい。このねう人形には、どんな仕掛けがあるの?」

仁左衛門がひしと抱き締める人形に目を向けて、藍は声を潜めた。

仁左衛門は時おり寝ぼけた様子でふにゃふにゃと呟いては、ねう人形の頭を撫でたりほおずりをしたりと幸せそうだ。

よほど安心して眠っているのだろう。

「ねう人形の腹には、陶製の湯たんぽが入っている。それだけのことさ。いやそれだけではないな。このねう人形は本物のねうの可愛らしさを、どこまでも忠実に象(かたど)っている。特に腹の柔らかさを再現するのはほんとうに難しかったぞ」

松次郎が本物のねうの腹をたぽたぽと撫でると、ねうは満足そうに目を細めた。

「湯たんぽ、ですって？　それだけのことなの？」

冷えた爪先を温める湯たんぽは、確かに寒い夜に重宝した記憶があった。

「人が気を楽にしてうまく眠れるかどうかというのは、結局のところは血の巡りが関わっている。己の体温よりも温かいものに触れていると安心して眠れるものなのさ。定吉の眠りを診たときを覚えているか？」

染と惚れ合った相手である定吉は、眠る前に身体の冷たくなっている部分を温めることで穏やかな眠りを手に入れた。

「このねう人形は、あれの応用だ。己の肌よりも温かい湯たんぽが入ったねう人形を抱いて寝ることで、人はそこから血行が良くなり安心して眠れるようになるんだ」

「わざわざ、ねうにそっくりな形の人形にしたのにも意味がある、ってことね？」

「そうだ。愛らしい人形ならば、皆が赤ん坊のように大事に胸元に抱く。そのおかげで、身体中に血を送る心ノ臓をほんのりと温めることになるんだ」

「心ノ臓……」

藍は思わず己の胸元に掌を当てた。

心ノ臓のあるあたりは胸元の骨で守られているため、わずかにひんやりと冷たく感じる。

そこを掌でしばらく温めていると、確かにほっと気が緩むような感じがした。

「いい発明ね。兄さん、すごいじゃない」

素直に褒めると、松次郎と福郎は得意げに顔を見合わせてにんまりと笑った。

「それにしても仁左衛門さん、とても気が細い真面目な人なのね」

藍は再び仁左衛門に目を向けた。

「京ぐるい、なんてあだ名をつけられているくらいだから、余程のこだわりがあるのさ。京のことが好きで好きでたまらない、ってよりは、一旦好きになったものはとことんまで突き詰めなくちゃ気が済まない、って気質なんだろうな。学問の場には、こんな奴がよくいたもんだ。こういう奴と組んで研究をすると、とんでもなく酷い目に遭わされる」

松次郎が、鳴滝塾での日々を思い出したように渋い顔をした。

「この仁左衛門の闘茶の相手はどんな奴だ？」

「それが面白いのよ。仁左衛門さんが闘うのは、三好屋宗助さん、って、お江戸ぐるいの京男、なの。でも宗助さんのほうはすっかりお江戸の言葉が身についているわ。きっとこちらで商売をしているからかもしれないわね」

藍が説明すると、松次郎が「いかにも一心の考えそうなことだな」と苦笑いを浮かべた。

「宗助さんのほうは、同じこだわり屋でもかなり鷹揚に構えたのんびりした人よ」

宗助と里がにっこりと見つめ合った姿を思い出す。

「京の繋がりで商売をしているのか。なかなか抜け目ない奴だな。もしかするとそいつは、商売のためのお江戸ぐるいなのかもしれないぞ。お江戸が好きでたまらない京男、なんてお江戸の客の胸をくすぐるにはもってこいだろう」

「えっ？」

そんなことを考えてみたこともなかった。

そのとき、仁左衛門が「ううう」と呻いた。

「あ、お二人とも、おはようさん。あて、いつの間にか眠ってしまいましてん」

寝ぼけて偽物の京言葉が飛び出す。

「あての帳面知りません？　ええっと、ここはうちとちゃうんやね。何か書くもん貸してもらえますう？」

「その気色悪い喋り方を止めたら、いくらでも貸してやるぞ。福郎、紙と筆を出してやれ」

「はいっ！　こちらに！　こんなに目覚めてすぐに、いったい何を書き留められるんですか？」

福郎が紙と筆を差し出すと、仁左衛門は「あ、ああ。すまないね」とようやく目が覚めてきた様子で江戸の言葉で応じた。

「夢日記だよ。毎日必ずつけているんだ。家に帰ったらすぐに、これを帳面に書き写さなくちゃいけない」

仁左衛門は、福郎からもらった紙にさらさらと書きつけた。

「なになに、『妖怪猫小僧が、蛙みたいな顔の少年と闘茶をして、負けた少年が猫小僧の手下、妖怪蛙小僧に変えられてしまう。二人は、にゃあにゃあげろげろ大合唱』ええっと、この蛙みたいな顔の少年とは、もしかして私のことでしょうか……」

福郎が己の鼻先を指さして、何ともいえない顔をしている。

「夢のことだ。許しておくれよ。私は日記をつけないと落ち着かないんだよ。寝る前には一日の反省を。起きてすぐには夢日記。それをもう何年も欠かさず続けている」

「日記のほうにはどんなことを書いているんだ？」

ふいに松次郎が身を乗り出した。

「先ほども言ったとおり、一日の反省を書いているよ」

仁左衛門が不思議そうな顔をした。

「ここでそれをやってみてくれないか。今日の日記を、仁左衛門ならばどう書く？

お藍、お前もやってみろ。福郎もだ」

「えっ？　日記ですか？　すごく小さい頃に、おっかさんと一緒に書いて以来です。上手(うま)く書けるかしら」

藍は両手で頬を押さえた。

眠る前にわざわざ行燈(あんどん)を灯(とも)し、今日一日を振り返って日記にしたためる、なんて習慣は今のご時世なかなか贅沢(ぜいたく)なことだ。

「お任せください！　たぶん私は書きものはすべて、そういう面白そうなことはより得意です！」

何事も興味津々の福郎は、いかにも楽しそうに筆を握る。

「三人で日記を書くのかい？　なんだかやりづらいねえ」

仁左衛門は困惑した顔をして頭を掻いた。

十

「さあ、みんな今日の出来事を見せてみろ。まずは福郎だ」

松次郎が手元を覗き込むと、福郎は「ええっ、私からですか？　まあ、いちばんの年少者の私からというのが筋だと言われることは予想できていましたが……」と照れ臭そうに紙を差し出した。

「なになに。『朝餉のぬか漬けと麦飯、美味しゅうございました。おやつの蒸かし芋、美味しゅうございました。夕餉の厚揚げ、少々つまみ喰いをさせていただきました。美味しゅうございました』よしっ！　福郎、偉いぞ！」

「へえっ？　偉いですって？」

福郎がきょとんとした顔をした。

「私はきっとつまみ食いを怒られるとばかり思って、ひやひやしておりました。まさか褒められるとは！」

松次郎に叱られないと気付いて、肩の荷でも下りたようにはしゃいだ顔だ。

「つまみ喰いくらいいくらでも許してやるぞ。それほど良い日記だ。よしよし、心根の素直な良い子に育って嬉しいぞ。きっと師匠の俺の育て方が良かったのだろうな」

「えへへ。そうでございますか？　何が何やらよくわかりませんが、褒められるのは嬉しいことですねえ」

福郎は松次郎に頭を撫でられて、得意げな笑みだ。

「お藍はどうだ？」

松次郎が藍に目を向けた。

「はい、良い日記が書けていますでしょうか？」

藍が書いた日記を目にした松次郎は、ふうむ、と顎(あご)に手を当てた。

「『伯父さんと、闘茶について話し合いをした。仁左衛門さんがぐっすり庵にやってきた。足の小指を虫に刺された』ほほう。そうか、そうか。それでお藍はいったい何がしたくてこれを書いたんだ？」

えっ、そんな、と目を瞠る。

「何がしたくて、ってどういう意味？　兄さ——先生に、日記を書きなさい、って言われたから書いただけですよ？」

松次郎の妙な質問に首を傾げた。

「これはまるで研究の記録だ。どんなときに悲しくなりどんなときに疲れてどんなときに風邪を引くか、なんてこれからお藍の暮らしを研究しようとするなら良い書き方に違いないが。日々の出来事をただ記しただけの日記は、読んでいるほうはちっとも楽しくないな」

松次郎がなーんだとつまらなそうな顔をする。

「楽しいものを書こうと思ったわけじゃありません。それに日記って、人に読ませるためのものじゃないでしょう?」

「だがこれでは、書いているほうも面白くないだろう。人というのはそう毎日変化に富んだ暮らしをしているものでもないからな。同じような変わり映えしない日が数日続いたところで、日記を書くのを投げ出してしまうのが大半さ」

「確かにそうね。今の私が桜屋で日記を書いたら、きっと『たくさん働いた、寝た』って書くしかない日ばかりです」

藍は肩を竦めた。

「それじゃあ、いよいよ仁左衛門の日記を見せてもらうとするか」

「日記を人に見せるってのはすごく嫌だねえ。医者の先生だから見せるだけだよ」

仁左衛門がいかにも決まり悪そうな顔をした。

「……思ったとおりだ」

松次郎がにやりと笑った。

「『四つ角の向こうから子供が走ってきて、真正面からぶつかった。走っちゃ危ないよ、と窘めたら、後ろにいたその子供の父親に、うるせえ！　と怒鳴り返された。皆にじろじろ見られて、恥ずかしいことこの上ない』。おおう、何とも気の毒な話だな。この憂き世にはこういう素っ頓狂な奴らがちょくちょく現れては、至ってまっとうに生きている俺たちにいきなりがぶりと嚙みついて行くもんだ」

己の言葉に松次郎はうんうんと大きく頷く。

「『水茶屋でお江戸ぐるいの宗助の噂を聞いた。どうやら人当たりの良いなかなかの色男らしい。色男だって？　色男なんかには、決して決して負けるわけにはいかないぞ。気が焦って仕方ない』。思っていたよりもはるかに素直に筆が運ぶな。普段の姿がわかりやすくて助かるぞ」

「仁左衛門さんの日記は、一日の出来事とその感想。ちょうど私とお藍さんの日記を二つ合わせたような調子ですね」

福郎が賢そうな目を見開いた。

「さすが福郎、良い目の付け所だぞ」

松次郎が満足げに言った。

「仁左衛門の日記は、この一日の〝反省〟だ。だが、嫌な出来事に遭ったり気が乱れたりと、落ち着きを失ったときのことばかりを思い返している」

「人ってのは、そんなもんじゃないのかい？　ぼんやりのんびり楽しくしているときのことなんて、そうそう頭に残りゃしないさ」

「そのとおりだ。夜に書く日記には、たいてい嫌な出来事や割り切れない気分ばかりが連なってしまうもんだ。夜に書く恋文が、とんでもなく気色悪いものになってしまうのと近いのだろうな」

松次郎が大きく頷いた。

「確かに私も眠れなくなってしまったときに己の頭の中にあることをすべて紙に書いてみたら、嫌なことばかり書いていて驚きました。それをびりびりに破って屑籠（くずかご）に放り込むのは、なかなか気分が良かったですが」

藍は頷いた。

一心が千寿園に現れたばかりの頃に、試してみたことだ。

「けれど、せっかく書き溜めている日記をびりびりに破いちまうわけにはいかないね。わざわざ楽しいことを選び取って思い返す、なんてのも、己に嘘をついているみたいでなんだか気持ちが悪いよ」

仁左衛門が渋い顔をする。

「夜の日記は、厳かな気分で一日の反省をして、明日に繋げようと思える気質の者なら良いのかもしれない。だが今の仁左衛門は、寝る前に暗いほうに頭が回ってしまうきっかけになるようなことはすべきではないな」

「なら、私はどうしたらいいんだろうね？」

「次の朝に、前の日の分の日記を書くんだ。そして、これから始まる今日一日をどう過ごすか考える。それだけで大きく違うはずだ」

「次の朝に日記を書く、だって？」

仁左衛門は考える顔をした。

「それじゃあ、ずいぶん夜が退屈になりそうだね」

少々困った顔だ。

「退屈、それの何がいけない？　眠る前というのは何より退屈でなくてはいけないんだ。目の前に広がるものが、わくわくするくらい楽しかったり、ずしんと重く心を乱したり、そんな状態ではろくに眠れなくて当たり前だ。眠るためには、何よりも先に退屈が必要なんだぞ。騙されたと思ってやってみろ」

「退屈……」

藍は松次郎の言葉を繰り返した。

どこかで聞いた言葉だ、と思った。

十一

桜屋の庭の桜の枝の先に、ぽつんと一つだけ花が咲いた。

ついに桜の時季がやってきた、としみじみ思う間もなく花は次々と開き、あっという間に庭中が白く靄がかって見えるほどの見事な満開となった。

渡り廊下には、桜の花びらがはらはらと舞い落ちる。滝野川の水面は花びらで白く覆われた。

そんな一年でいちばん美しい昼下がりのお茶の刻、桜屋の贔屓客がお江戸じゅうから庭へ集まった。

笛や太鼓のお囃子(はやし)の音に、まるで祭のように華やかな気配が漂う。

親に連れてこられた子供たちは、万智のところに集まって紙風船で遊んだり水飴を舐(な)めたりしている。

種が占いをする縁台のところには、女客たちがいかにも楽しそうにくすくす笑いながら長い列を作っていた。

庭の真ん中にある東屋には、仁左衛門と宗助、二人が向かい合うように席が設けられていた。

客たちは、その周囲を取り囲むように鮮やかな緋色(ひいろ)の敷物を敷いて、闘茶の行方を、そして続く京とお江戸の勝負を見物するのだ。

勝負の流れに合わせて客たちにも同じものを出すという趣向なので、女中たちは皆、庭での給仕に駆り出されていた。

今日は皆、普段の商売用の取り澄ました笑顔ではなく、興味津々という様子で東屋に目を向けている。

「皆さま、本日はお越しいただきたいへん有難く存じます。どうぞ憂き世を忘れて楽しくお過ごしくださいませ」

淡い朱鷺色に金刺繍の見事な小袖で装った女将が、満開の桜の木を仰ぐように見た。

春の淡い陽の光が、あたり一面を桜色に変えている。

「本日は皆さまもご存じのとおり、闘茶で仁左衛門さまと宗助さまのお力を存分楽しんでいただいた上で、京と江戸のお茶比べをいたします。わたくしは桜屋のすべてを賭けて皆さまをあっと言わせる素晴らしい茶をお出しします。そしてこちらの西ヶ原千寿園のお藍お嬢さんも……」

女将に促されて、藍は慌てて背筋をしゃんと伸ばした。

「も、もちろん私も素晴らしいお茶をお出しします。え、えっと……」

恐々と女将を見上げる。

女将が片方の眉をぴくりと上げた。一切の手加減はしないぞ、と言うような自負に満ちた表情だ。

「私も、決して負けるつもりはありません。きっと、きっと、皆さんに楽しんでいただける、喜んでいただけるに違いないお茶をお出しします!」

臆する気持ちを押さえて、きっぱり言い切った。

女将の口元がわずかに綻んだ、と感じたのは気のせいだろうか。

客席に期待に満ちたざわめきが広がる。

客席のいちばん後ろで宴の様子に目を光らせていた一心が、よく言った、とでも言うように頭上で大きく手を打ち鳴らす真似をした。

「それでは、仁左衛門さま、宗助さまにお越しいただきましょう」

女将が呼びかけると、齢の順にまずは仁左衛門、次に宗助が現れた。

仁左衛門が女将の横に並んだ藍のほうをちらりと見た。

横顔でにやりと笑う。

藍は思わずよしっ、と胸で呟く。

仁左衛門の顔つきは、先日会ったときとは別人のように生気が漲っていた。目には力が漲り肌艶は良い。そして何より息が深く落ち着いている。

日々きちんと眠ることができている者の壮健な顔だ。

宗助はというと、前回顔を合わせたときより少々落ち着きなく、藍や女将とはまるで逆のほうに素早く幾度も目を向けている。

怪訝に思ってその目の先を辿ると、離れの縁側で見守る里の姿があった。

東屋に着いた仁左衛門と宗助は、向かい合って穏やかな笑みを浮かべつつ深々と頭を下げた。

女中が湯呑みが三つ載った盆を二人の前に置く。

「お二人には、松竹梅三つのお茶の産地を当てていただきます。西ヶ原、宇治はもちろんのこと。残り一つは――」

「狭山(さやま)ですな。この香り、すぐに気付きました」

仁左衛門がどの湯呑みにも目を向けずに、鼻をひくつかせてみせた。

「さすが、仁左衛門さま。ここにいるどなたよりも先に、すべておわかりでいらっしゃいますね」

宗助がすっかりお江戸の言葉でありながらもちくりと京男らしい嫌味を効かせた。己もとっくの昔にそのくらい気付いていた、というのをこう言い表すのかと、藍は呆気に取られた気分だ。

「おっと、出しゃばったね。私の悪い癖だ」

仁左衛門が額をぴしゃりと叩いた。

客席がほっとしたように笑う。

宗助も釣られて息を抜いて、恥ずかしそうに笑った。

先ほどの嫌味は、宗助自身もずいぶんと緊張していたからに違いない。

気持ちが解れて力が抜けた様子になった二人は、「では」と次々に湯呑みに手を伸ばした。

「お客さまにも同じものをお出しします。どうぞ、お二人と一緒に味の違いを判じてくださいませ」

女将の合図に、盆を手にした女中たちが客席に向かう。

「これが宇治の茶だね！　桜屋で出されるいつもの味だ！」

「ええっ？　いつもの茶は、こっちだよ。この旨味にすっと香りが抜ける味こそが、京の味だろう？」

「いやいや、いつもの味に似ているかどうかだなんて、そんな判じ方は違うぞ。まずは、この三つの味の違いをじっくりと味わってだな……」

客席では皆がてんでばらばらなことを言いながら湯呑みを手に首を傾げ、大いに盛り上がっている。

仁左衛門と宗助は、お互い静かな笑みを湛えて、ずずっと茶を一口。

目を合わせて小さく頷き合って、次の茶を一口。

皆が闘茶に没頭している今のうちにと、藍は渡り廊下を通って離れに向かった。

「お里さん、そんなところにいらっしゃらず、お庭に出ていらしてはいかがですか?」

縁側の里に声を掛けた。

里は俯いたまま黙っている。

「みんな、お里さんがいらっしゃるのをお待ちしていますよ」

「みんなって誰よ?」

里が振り返った。わざと意地を張った硬い声は、この間よりも少し穏やかだ。

「みんなは、みーんなです」

藍は眉を下げてにっこり笑った。

「お藍、あなたこんなところで油を売っていていいの? これからあの人と、京とお江戸のお茶対決をしなくちゃいけないんでしょう?」

「対決といっても、向かい合って刀を振り回すわけじゃありません。用意はすっかり終わっていますから、あとはお客さまに判じていただくだけです」

女将と藍は、それぞれ客間の一部屋を使って準備をした。

お互い相手がどんなものを出そうとしているかはまったくわからない。

だがやれることはやった。不思議と胸は落ち着いていた。

「仁左衛門が筆を執ったぞ！」

遠くで客席がどっと沸いた。

「宗助も同時だ！」

宗助の名を聞いて、里が僅かに身じろぎをした。

「とはいっても、お里さんの仰るとおり、あまりのんびりする間はなさそうですね」

藍は立ち去りかけて、もう一度「お待ちしていますよ」と声を掛けた。

里はぷいとそっぽを向いて、

「みんなって誰よ」

と、もう一度寂しそうに呟いた。

「松は狭山、竹は宇治、梅が西ヶ原になります。私のような若輩者は、狭山と西ヶ原の味にほんの少し迷いがあったことを白状しなくてはなりませんね」

宗助が紙を広げた。

仁左衛門も、うむ、と満足げに唸って自身の書いたものを見せる。

二人が書き込んだ産地はぴったり同じだった。

十二

客席がどっと沸く。

「この西ヶ原の茶の出来が良すぎたんだ。日本橋から二里ほどしか離れていないところで、狭山の茶と肩を並べるものができるとはな」

「やはりそうでしたか。苦味と渋みの深さはほとんど変わらないほどですが、後味の広がりだけを頼りに区別をつけました」

仁左衛門と宗助が頷き合うと、客たちは感心したようにため息を吐いた。

「お二人とも、ご名答でございます。わたくしからは何も言うことはございません」

女将が客席を見回して艶めいた笑みを浮かべた。

仁左衛門さん、ほんとうはあんなに堂々としていて迷いのない人だったのね。

藍は見直す気持ちで仁左衛門を見つめる。

こだわり屋の仁左衛門は、きっと松次郎の忠言をしっかりと聞き入れたに違いない。

兄さん、うまく行ったわよ。

密かににっこり笑いかけてから、いけないいけないいけない、と姿勢を正す。

ここからが藍の勝負の始まりだ。

「それではこれより皆さまお待ちかね、京とお江戸のお茶対決を始めましょう。わたくしとお藍お嬢さん、どちらのお茶が優れているかを、仁左衛門さま、宗助さま、そして客席の皆様に一点ずつ入れて判じていただきます」

盛り上がっていた客席がしんと静まり返った。

見守る女中たちの顔も強張(こわば)っている。

ふいに宗助が不思議そうな顔をして、「あっ」と腰を浮かせかけた。

皆が宗助の視線の先に目を向ける。

「お里……」

女将が小声で呟いた。

里が大きなお腹を押さえるようにして、ゆっくりとした歩みで現れた。

「みっともない姿をお見せして申し訳ありません。そちらのお藍お嬢さんにどうしても、と頼まれましたので」

里は澄ました様子で言うと、桜の大木のちょうど下にある床几に腰掛けた。

客席は、「あれは誰だ？」と囁き合う。

女将の眉が吊り上がった。思わず何か言いたそうに唇が震える。

だがしばらくしてから女将の口から零れ出たのは、力ない笑み交じりのため息だった。

「わたくしの娘のお里でございます。幼いころより長く離れておりましたが、ようやく一緒に暮らすことができるようになり喜んでおりました。どうぞ皆さま、お見知り置きくださいませ」

里がぎょっとした顔をした。

「女将の娘、だって？」「腹の子の父親はいないのか？」

そんな話は初耳だ、という様子で騒ぎ立てる客たちに、女将は涼しい顔でにっこりと微笑んだ。

皆、しんと黙り込む。

「ではお藍さん、もうそろそろお出ししてもよろしいでしょうか？」

可愛らしい声に耳打ちされて慌てて振り返る。

蓋（ふた）付きの湯呑みを二つ載せたお盆を手に、手伝いに来てくれた福郎が緊張した面持ちだ。

「ええ、お願いするわ」

藍が頷くと、福郎は「はいっ！」と慎重にそろそろと歩を進めた。

「私の生家の西ヶ原千寿園でいちばん上等な茶葉です。臼でひいてお抹茶にもできるような色鮮やかで味わい深い茶葉ですが、今日はお湯で煎（せん）じたお江戸の皆さまにとっていちばん馴染み深い淹（い）れ方にいたしました」

福郎が固い動きで仁左衛門の、そして宗助の前に湯呑みを置いた。

「どうぞ蓋を開けて、じっくりと湯気の立ち上る香りを味わっていただけますと幸いです」

仁左衛門と宗助が湯呑みに手を伸ばした。

蓋を開けると、二人とも目を丸くして顔を見合わせる。

「初めての香りだ。だが、少しも突飛なものではない」

仁左衛門が、ずずっと茶を啜った。

「ほんのわずかな隠し味だ。砂糖か……。いや、塩か？　甘いか、塩辛いか？　そんな易しいことがどうしてわからないんだ？」

わからない、と言ってから、仁左衛門は慌てた様子ではっと口を押さえた。

「……私もわかりません」

宗助が仁左衛門に続いた。

「何の味でしょう？　香り深くて懐かしくてどこか香ばしい、上等なお茶の味を少しも濁らせないこの隠し味」

女中たちが客に湯呑みを運ぶと、皆、我先にと熱い湯気に顔を寄せた。

「こりゃ、雨露の匂いだ」

「いやいや、土の匂いさ」

「いや、これは米を炒ったものを混ぜたんじゃないか？」

　客たちがてんでばらばらな意見を言う中、仁左衛門と宗助は身じろぎ一つせずに難しい顔をしている。

「困ったな、ほんとうにわからないぞ」

　仁左衛門が途方に暮れた声で言った。

「私もです。こんな難しいものが出てくるとは」

　宗助も困惑した顔だ。

「だが美味いお茶だ」

　仁左衛門が続けた言葉に、宗助もほっとしたように微笑んだ。

「ええ、美味しいお茶ですね。他のどこでも飲んだことのない、新しい美味しさです」

「そうだな。お江戸の真ん中の水茶屋で出せば、若者に大評判になる新しくて珍しい味だ」

　仁左衛門がすっかりくつろいだ顔で、もう一度お茶を飲んだ。はあっと息を吐く。

　ふと、不思議そうな顔をした。

あっと声を上げて、ぴしゃりと膝を叩く。

「お藍さん、わかったぞ。醬油を入れたな」

「醬油だって？」

客たちが目を剝いた。

「仁左衛門さんの仰るとおりです。お茶を煎じるための茶釜の湯にほんの一滴、醬油を垂らしました」

藍は頷いた。

「庶民は、お茶の場でもそうそう気楽に甘いものを食べることができません。お茶菓子といえばお煎餅が最初に思い浮かびます。お煎餅をぽりぽり齧ってお茶で喉を潤す。そんなときのふっと肩の力が抜けて幸せな感じを、ぜひ思い出していただきたかったんです」

「ああ、醬油でしたか。言われてみればそのとおりです。ですが、この醬油は……？」

宗助がじっくりお茶を味わいながら、怪訝そうな顔をした。

「おわかりですか？」

藍が身を乗り出すと、宗助は「小麦を多く使った京の味ですね」ときっぱりと答えた。

「ええ、そうなんです。いろんなお店を巡って、このお茶にいちばん合う醤油を探してみました。ですがお江戸の醤油ではどうしても大豆の味が濃く出てしまって、後味がよくないんです。ぴったり合ったのは、麦湯の香ばしさを携えた京の醤油でした」

藍は必死で説明した。

「これ、美味しいわ！　たった一滴の隠し味でここまで味に深みが出るのね！」

小声に振り返ると、女中たちが一つの湯呑みを回し飲みしながらきゃっきゃとはしゃいでいた。

「西ヶ原の茶に、京の醤油か……。お藍さん、あんたは面白いことを考えるな」

仁左衛門が微笑んだ。

十三

「続きましては、京の茶を召し上がっていただきましょう。宇治の萬福寺（まんぷくじ）から長海（ちょうかい）和尚をお迎えいたしました」

女将が紹介したのは、粗末な身なりでにこにこと頬を綻ばせた老人だ。

「やあ、皆さま。どうぞおくつろぎください。ずいぶんと茶を飲んで腹が膨れましたでしょう。厠（かわや）へ行かれたい方はいらっしゃいませんかな？　まだまだ先は長いですぞ。さあ、どうぞどうぞ、ご遠慮なく」

長海は目を細めて客席を促す。

客席の数人が少々気まずそうに周囲を見回しつつ、「それじゃあ、ちょいと」と席を立った。

「茶とはすぐに身体を巡りますのでな。こうして声掛けをしなくては、どなたかが必死の思いで辛抱されているのではと、気が気ではありません」

長海は、ふぉっふぉと笑いながらところどころ黄ばんだ白い顎髭（ひげ）を撫でた。

わざわざ京の寺から僧侶が呼び寄せられたと聞いて、藍はどれほど厳めしい人物が現れるのかと身構えた。

だが、目の前にいる老人は不思議だった。

こちらの身を強張らせるようなところは少しもない。

皺だらけの顔をもっと皺くちゃにして満面の笑みを浮かべて、その目には誰に対してもまるで幼子を見守るような優しい光が宿る。

「お藍さん、見事なお茶でございましたね。京とお江戸、どちらの良いところも合わせて皆で美味しいお茶を味わおうというあなたのまっすぐな心根。この爺の胸に響きましたぞ。まさに茶とはそのようなものでなくてはいけないのです」

長海はうっすらと涙ぐんで、己の胸に拳を当てた。

「あ、ありがとうございます」

藍は目を白黒させて礼を言った。

対決の相手にこんな調子で褒められては、どう応じたら良いのかさっぱりわからない。

「それでは、茶を始めさせていただきましょう」

厠へ行った客がすべて戻ってくるまでじゅうぶんに間を置いてから、長海が仁左衛門と宗助の間に座った。

「宇治橋のたもとには、私のように茶を出す爺がおります。歩き疲れた旅のお方に、宇治川の流れを楽しみつつ一休みをしていただきたい、と、こういうお節介でございますな」

炉に火を入れて茶釜の湯を沸かす。

「何せ年寄りの仕事です。ずいぶんと手間がかかります故、皆さまのんびりと花を見ながら、どうぞお喋りにも花を咲かせてくださいな。真剣に私の手元を見守っている必要は少しもございません」

長海が頭上を仰ぐと、白い花びらがはらはらと落ちた。

客席にほっと和んだ気配が広がる。

皆、桜の美しさにようやく気付いたように、隣と気さくに喋りながら空を指さしたりなぞしている。

「良い春の日ですな。これほど美しい日がありますと寿命が延びる心地です。曇った気分もすっきり晴れましょう」

長海が仁左衛門に、宗助に話しかけた。

まるで眠くなるようなゆったりとした話し方だ。

「曇った気分、ですか？　ええ、晴れましたとも」

仁左衛門がふっと笑った。

「このところ私は少しも眠れなくてね。この宴で大きな失敗をしてみっともないところを晒（さら）してはと思うと、それだけで気が焦ってたまらなかったんだよ」

「仁左衛門殿がですか？　まさかまさか、このお江戸に仁左衛門殿ほど味のわかる方はそうそういらっしゃいません」

宗助が目を丸くした。

「宗助殿にそう言われると悪い気がしないね」

二人で微笑み合う。

「その曇りは晴れたとおっしゃった。仏はどのようにお導きなさいましたか？」

長海が茶釜の湯加減を確かめながら静かに訊いた。

「仏ではなく、眠り猫のお導きでした。その眠り猫は、この世のたいていの不安はぐっすり眠れば消えてしまうということを。己の生き方に自信を持つためにはとにかくしっかりと眠らなくてはいけないということを、教えてくれました」

「それはそれは、ずいぶんと賢い猫ですな」

長海が豊かな顔で笑った。

仁左衛門が藍に目配せをした。

「……宗助殿の胸の曇りのほうは、今日この長海がすっきり晴らして差し上げなくてはいけませんな」

「私の胸の曇り、ですか？」

宗助が驚いた顔をした。

「ええ、人の胸の内というのは笑った顔にこそ表れます。宗助殿の笑い顔には、どこか物憂げな影がございますな。きっと胸の内に滞るもの。さらりと通り過ぎてはいけないものがあるのでしょう」

「通り過ぎてはいけないもの……」

宗助が真面目な顔をした。

「さあ、湯が沸きました」

長海は、皆がすっかりくつろいでざわめく客席に満足げな目を向けた。

長い手間をかけて急須に茶葉を入れ、湯呑みに入れて少々冷ました湯を注ぐ。

それからまたしばらくの間、桜を見上げて子供のように呆けた笑顔を浮かべる。

「そろそろよろしいでしょうかね。ひょっとすると、もしかすると、よろしくないかもしれませんが、それもまたよろしい」

とぼけた調子で呟くと、長海は仁左衛門と宗助に、同じ急須から交互に茶を注いだ。

「皆さまには、私の弟子が部屋で用意をした茶をお配りさせていただきます。ご安心ください。茶の味というのは、所詮その日の気分次第のいい加減なものです。師匠が淹れても弟子が淹れても味はほんの少ししか変わりません」

長海の冗談に客たちが笑った。

「さあ、これ、お藍の分よ。どんな味？　さっきの醬油茶よりも美味しいのかしら？」

真剣な顔で声を潜めた万智が、藍に盆を差し出した。

「お万智、ありがとう。あらっ？　子供たちは？」

そういえば万智は、今日は客の子の面倒を看る仕事をしていたはずだ。

「それがね……」

万智が横目を向ける。

子供たちがじゃれ合いながら腰掛けていた渡り廊下に、里の姿があった。里は戸惑った様子で廊下の隅に腰掛けて、子供たちのほうもどう接して良いやらわからない様子でずいぶんと大人しくしている。

「まあ、お里さん。どうして」

「子供の面倒を代わってくれる、っていうのよ。『あなたはお仲間の近くにいてあげたら？』なんて言われたわ」

里が懐の飴玉を、少し大きな子に差し出した。

その子は強張った顔で、いらない、というように首を横に振る。

里は困ったように肩を竦めて、今度は巾着袋の中をごそごそやりはじめた。

子供同士でどうにかして仲良くなる方法を探しているような、呑気で微笑ましい光景だ。

藍はにっこり笑って、湯呑みのお茶をずずっと啜った。

あれっ？

旨味が広がりさらりと喉を通る。爽やかで味わい深い。だがさほど高級な茶葉を使っているわけではない、至って素朴な味だ。

あれほど手間暇かけたのだから、どれほど驚かされる味になるかと思ったのに。己の舌がおかしいのかもしれない。

慌てて東屋に目を向けると、仁左衛門も宗助もどんな感想を言えばいいのかわからない、という何とも困った顔だ。

「お、おい、わかったか？」

「いや、ええっと、これは……」

客席のひそひそ話が聞こえてくる。

長海はその光景を楽しそうに見回して「それではお茶菓子にいたしましょうか」とのんびり言った。

十四

皆に出されたのは、爪の先より少し大きいくらいの桜の花びらを象った砂糖菓子だ。

砂糖の茶色がそのままに、何の色付けもされていない無骨な菓子だ。

「京菓子といえば、色鮮やかな生菓子や蒸し菓子が知られておりますが。あれはうんと濃い抹茶と合わせてこそ、美味しさが伝わります。今日の茶にはこちらの阿波の砂糖菓子をお楽しみください」

まずは無骨な甘みが広がった。だがいつまでもべったりと重く留まるわけではない。

砂糖菓子はあっという間に溶けて消える。はっと目が覚めるような甘みだけを伝えて、後味をほとんど残さない。

「驚くほど甘いのにすっと消える。うんと旬のお芋や水菓子みたいな甘さね」

万智が砂糖菓子をこりっと齧って、美味しそうに目を細めた。

「それでは、二度目のお茶を淹れましょう」

「二度目ですって？」

藍は驚いて訊き返した。

一度淹れた茶葉をもう一度使う。普段の暮らしならば当たり前にやっていることだが、桜屋のような高級な店構えの場では聞いたことがない。

「ええ、二度目です。お望みがあれば、三度目も四度目だってお淹れしますよ」

今度はすぐに湯呑みに茶を注いだ。

「さあ、どうぞごゆっくり」

二度目の茶を一口呑んで、藍は息を呑んだ。

一口目の甘み、旨味は明らかに薄まってしまっている。一杯目では気付かなかった苦味と渋みを濃く感じる。茎の青臭さも覚える。

だがつい先ほど食べた砂糖菓子の甘みのお陰で、苦味も渋みもかえって心地良い。

胸の内に広がったのは、亡くなった母と過ごした一休みのときだった。

最初の一杯のお茶の味に舌が滑らかになってお喋りが尽きず、美味しいおやつも食べて、すっかりいい気分になったところで、「もうあと一杯だけ」と淹れたお茶の味だ。

ほっと息を吐くと、身体の中を清風が通り抜けるような気がした。

「どうです？　二度目の茶のほうが美味いでしょう？　茶というのは、楽しいこのひと時を惜しむためのものでもあります。身構えて味わう一杯目よりも、出がらしに近くなった二杯目、三杯目のほうが味わい深いものです」

長海が湯呑みを手に黙り込んでいる仁左衛門、宗助に目を向けた。

客席の客たちも夢の中にいるような目をして、静かに桜を見上げる。

「どうぞ、皆さま方の良い思い出に、そして今このときにお浸りください。それではわたくしはこのあたりで」

長海は飄々(ひょうひょう)とした仕草で頭を下げると、道具を丁寧に片づけた。

「お待ちください、このお茶はいったい……」

宗助がはっと我に返ったように訊いた。

「ただの粗末な煎茶です。萬福寺にいらしていただければ、いつでもどなたにでも振る舞わせていただきますぞ。お代は二千両から半文までいくらでも構いません、もちろんただでもよろしい。ただより安くすることはできませんがな。これは、私の師の言葉です」

長海は愉快そうに笑った。

「粗末ながら心づくしの煎茶を呑んで、茶の味を楽しむことができる今このときを大切に味わえ、というのが師の教えです。何とも朗らかな教えでしょう」

「今このときを大切に味わえ、ですか」

宗助が繰り返した。

「ええ、茶というのは大人の遊びの酒と違って、女子供や年寄りも皆で揃って飲めるものですからな。大切な人と美味しいお茶を酌み交わすこのときは、漫然といつまでも続くわけではない大切なものになりましょう」

「……確かにそうですね」

宗助はもう一度茶を啜って、小さく頷いた。

「それでは、皆さまに判じていただきましょう。お江戸のお藍が考え出した他のどこにもない醤油茶と、京の長海和尚が淹れた二杯の煎茶。どうぞ一切の忖度なく、お好みのほうをお選びください」

女将の言葉が終わらぬうちに、客席から「長海の茶だ！」と声が上がった。

それに釣られたように、皆が「京の茶だ！」「長海の茶だ！」と声を上げる。

「それでは、客席の皆さまは京に一票を入れていただけたということでよろしいでしょうか」

女将が訊くと、皆が一斉に大きく頷く。

「お二人はいかがですか？」

仁左衛門は顎を撫でて難しい顔をした。

「江戸の茶、京の茶、どちらも甲乙つけ難い出来だった。味だけを取り上げるならば、江戸の醤油茶の珍しさは大いに楽しむことができた。だが一方で、京と江戸の二つの良さを一つに合わせようというお藍さんの想いが空回りしているように思えるところもあった。味わいの良さを売りにするならば、最も味に重みのある狭山の茶に薩摩(さつま)の甘い醤油の隠し味を利かせたほうが、より面白いものができるようにも感じた」

藍は頷いて言葉の続きを待った。

狭山の茶葉に薩摩の醤油か。

ぽんと膝を打ちたくなる。

仁左衛門の言うことは至極もっともだ、と思った。

「長海和尚の茶は、何よりそのもてなしの心に感じ入った。長海和尚がこの場に表れてからずっと、なぜか胸が軽く身体が緩むような心地がしたんだ。茶というのは皆の平凡な日々の中に吹く一そよぎの清風だ。上等な茶葉を使って取り澄まし、豪(ごう)

奢な茶席を装うものではない、ということを思い出させていただいた。そして何より京と江戸の対決でこの茶を女将が出したということで」

女将に目を向ける。

「女将の桜屋の商売への覚悟を知ることができた。京の文化の持つ重みをひけらかすのではなく、お江戸よりも長い伝統があるからこそ生み出すことのできた茶の道を、私たちに示してくれた。より京に興味が湧き、そして京の文化がお江戸でどんな形で花開くのかが楽しみでならない心持ちだ。宗助殿はどう思われたか？」

仁左衛門に話を向けられて、宗助はしばし黙った。

「……お里さん、あなたはどう思われましたか？」

子供たちと並んで渡り廊下に腰掛けた里が、「えっ？」と驚いた顔をした。

「私たち二人は、同じように京を離れた者同士です。もしよろしければ、お里さんのご意見を訊かせていただけませんか？　お江戸と京のお茶対決、お里さんはどちらが勝ちだと思われましたか？」

「……私が、ですか？」

里の頬が赤らんでいた。

しばらく困惑した様子で目を泳がせてから、意を決したように宗助を見つめる。

「私は京の茶が良いと思いました」

はっきりと良く通る声だ。

「なぜですか？　理由を教えてくださいますか？」

宗助は静かに訊く。

「お藍さんの醤油茶は、とても心躍る味でした。友達と賑やかに語り合うときを思い出す味とでも申しましょうか。ぐんと力が湧き、気分が高まる、どこにもない新しい味です」

里が藍に目を向けてにこりと笑った。

「ですが長海和尚のお茶に、私は心からの安堵を覚えました。長海和尚のお茶は家族の味です。私はここにいてもいいのだ、と、優しく引き留めてもらえたような気がしました。この私ともっと、ずっと一緒に過ごしたい、と言ってもらえたような心持ちになりました」

里の目から涙が一筋ぽろりと零れた。

「お里……」

女将が里に駆け寄るかどうするか迷うように、胸の前で手を握った。

「女将の、いえ、あなたのお母さまのお心がわかった、ということですね？」

宗助が念を押す。

里はうっと呻いて両手で顔を覆った。

しばらくしゃくり上げてから、

「お母さん、ごめんなさい」

と、蚊の鳴くような声で呟いた。

「お里！」

今度こそ女将は迷うことなく里のところへ駆けて行った。

「謝りたいのはこっちですよ。今まで寂しい思いをさせてほんとうにごめんね」

女将が里を抱き締めると、里はその肩に顔を埋めて咽び泣いた。

「仁左衛門殿、私は京に票を入れます。あなたはどうされますか？」

宗助が母娘に優しい目を向けた。

「私も京だ。こんな姿を見せられては、迷いようがないな」

仁左衛門がもらい泣きの涙が溜まった目頭を拭いた。

藍はふうっと長い息を吐いた。

思ったとおりだ。私にはすっかりまったく歯が立たなかった。

だが長海和尚の二杯目の茶を飲んだときと同じく胸の中を清風が通るような、清々しい気持ちだった。

長海和尚の茶は花見の宴席を盛り上げただけではなく、母娘の絆を取り戻すことまでやってのけてしまった。

茶を酌み交わすときには人の心を解し、強張りを緩めてくれる力がある。

長海和尚はそれをはっきりと教えてくれた。

「お藍、残念だったわね。でもすごく奮闘したわ。私はあの醤油茶、大好きよ！　今の気分は二杯目のお茶をしんみり楽しむよりも、醤油茶を飲んで明るく楽しく過ごしたいわ」

万智がこっそり耳打ちする。

「私もだ」

背後から聞こえた声に振り返ると、そこにいたのは一心だ。

「私には長海和尚の茶は、あまりにも清くて落ち着かないな。おまけにお代は、二千両でも半文でもただでもいい、だって？　『それじゃあただでお願いします』なんてずうずうしい奴がそうそう現れないご立派な寺で暮らしているから、そんな綺麗ごとが言えるのさ。生き馬の目を抜くお江戸の参道の出店でそんなことを言ってみろ、あっという間に身ぐるみ剝がれて丸裸さ」

憎たらしい顔をしてぺろりと舌を出す。

「それに引き換え、お藍、お前はよくやった。醬油茶は金になるぞ」

「お金になる、ですって？」

せっかく胸に広がっていた清風が、急にへなへなと勢いをなくす。

「何だその顔は？　商売人にとってこれが金になる、というのは、いちばんの誉め言葉だぞ」

「そりゃ、そうかもしれませんが……」

「まず最初は、やはり浅草寺の仲見世の水茶屋と組むのがいいな。それも醬油茶なんてそばつゆみたいなどす黒い色が浮かぶ呼び名はやめて、〝かくし茶〟なんて名をつけて、隠し味が仕込んであることだけを知らせるのさ。さらにこの水茶屋でしか飲めない茶となれば、皆が行列を作るぞ！」

一心は己の頭に浮かんだ閃き(ひらめ)が楽しくてならない様子だ。

「いやいや、違うな」「これはどうだろう？」なんて独り言を呟きながら、花吹雪の中を軽い足取りで歩き出す。

藍は渡り廊下で手を取り合った女将と里に近づいた。

「あっ、お藍さん」

里が涙を拭いた。

「女将さん、おめでとうございます。素晴らしいお茶でした」

深々と頭を下げた。

「お藍お嬢さん、あなたに心よりお礼を言わなくてはいけませんね」

女将が鼻を啜った。里が頷く。

「お礼、ですか？　私は何もしていませんが……」

「この間、私に言ってくれたでしょう？　眠る前は退屈にしなくちゃいけない、って」

里の言葉に、数日前の出来事を思い出した。

ぐっすり庵で松次郎が仁左衛門に向けて言った忠言を、眠れないとぶうぶう文句を言っている里にもそっくりそのまま伝えてみたのだ。

「あれで、私、考えたの。いちばん退屈なことって何かしら、って」

里が少々生意気そうに眉を尖らせてみせた。

「話すことがちっとも見つからない相手と一緒にいるのって、きっと他の何よりも退屈よね」

女将と里が顔を見合わせる。

「それじゃあ、寝る前は女将さんとお二人で過ごすようにされたんですね？」

女将が頷いた。

「ええ。私もいったい何をどうしたら良いのかわかりませんでしたが。ただ黙ってそこにいるようにしました」

「あの決まりが悪い間のおかげで、夜が更けてお母さんが部屋を出て行った途端、毎晩倒れるように眠れるようになったわ」

里がくすっと笑った。

「お二人で、たくさんお話をされたんですか？」

「いいえ、何も。だって私たち、話すことなんて何もないって言ったでしょう」

里は首を横に振ってから

「昔のことはもういいの」

と、照れくさそうに付け加えた。

ふいに、万智から聞いた言葉が胸に蘇（よみがえ）った。

人の想いはすぐには伝わらない、と言った万智はこう付け加えた。

——ゆっくりと、長く一緒に過ごしてみなきゃいけないの。嬉しいことばかりじゃなくて、かといってもちろん悲しいことばかりでもなくて。そのちょうど間くらいの、別に何の面白みもない日の積み重ねが、人と人との繋がりを作っていくんだと思うの。

毎晩ただ押し黙っているだけのときを過ごしながらも少しずつ近づいた二人は、長海の茶、そして宗助の一言をきっかけに歩み寄ることができたのだ。

「お二人とも、ほんとうに良かったです」

藍はにっこり微笑んで、目尻に浮かんだ涙を指で拭った。

十五

ほんの数日前まで満開に咲いていた桜の木は、今では瑞々しい緑色の葉が目立つ。

女将と挨拶を済ませた藍は、女中部屋に戻って少ない荷物を纏めた。

「お藍、寂しくなるわ。修業の間じゅう炊事場でお盆を運んでいて一度もお客さまの前に出してもらえないなんて。まったく女将さんは厳しすぎるわよ。こんなんじゃ、女中の仕事の面白さを半分も味わっていないわ」

「私だって修業が終わっても、もうしばらくここで働かせてもらいたいくらいなんだけど。お万智と離れ離れになるのは寂しいわ」

お互い泣きべそを掻きそうな顔を見合わせた。

「一心さまに一刻も早くと呼び戻された、ってんじゃ仕方ないよ。お藍の新しいお茶、早速浅草寺の境内で出すことに決まったんだろう？　きっとお参りに浮かれた娘たちの間で、大きな評判になるよ」

「お染さん、定吉さんとどうぞお幸せに」

藍の言葉に、染は照れ臭そうに笑った。

「あれから定吉は、米屋の番頭を任されることに決まったよ。近いうちに所帯を持つさ。お藍、あんたのおかげだよ。あんたの内緒の眠り猫、にもどうぞよろしくね」

染が親し気な目で微笑んだ。

「所帯を持つといえば、お里、ほんとうに宗助さんと祝言を挙げるのね。あの我儘娘にそんなにいい話が来るなんて驚いたわ」

万智が、内緒話が嬉しくてたまらない様子で声を潜めた。

「京のことを良く知っているお里が嫁に来てくれれば、宗助の商売もうまく行く、と目論んでの話だろう? 宗助の端切れ屋は一見流行ってはいてもお江戸では何も後ろ盾がない根無し草だからね。桜屋に婿入りした上で、端切れ屋のほうも続けさせてもらえるとなれば宗助にとっても願ってもない良い話だよ」

「だって、お里は……」

万智がお腹の子のことを言っているとわかる。

「宗助は、そんなこと少しも気にならなかったんだろうさ」

染がさらりと言う。

「ええっ？　そんな人っているの？　気にならないはずがないわ。よほど、よほど相手のことが好きじゃなかったら……」

万智は小首を傾げてから、ふいに何かに気付いた顔をして「お里って、まったく運のいい娘ね」と笑った。

「お藍が教えてくれた夕餉のお粥、これからも毎晩作るわね」

「また桜屋へ顔を出してね」

女中仲間たちが次々と別れの言葉を言った。

「みんな、ありがとう！」

藍は涙ぐみそうになるのを慌てて堪えて、滝野川沿いの道を歩き出した。

「お藍、またね！」

背に声がかかるたびに振り返って力いっぱい手を振る。

幾度も幾度も振り返っていたら、そのうち皆で笑い崩れてしまった。

「みんな、さよなら。お達者で！」

最後に大きな声で言って、力強い足取りで歩を進める。

桜屋では己のできないことばかりを思い知らされる日々だった。

ただひたすら言われるままに身体を動かしては、すぐに疲れてすぐに気弱になってしまう己に、どうしてこんなにうまく行かないんだろうと歯がゆい思いばかりだった。

だが生まれて初めて一緒に働く仲間に出会えたことは、藍にとって大きな学びだ。

皆、仕事が得意だから、働くことが苦ではないから軽々とやってのけるのではない。

さまざまな思いや背負ったものがありながら笑顔だけは絶やさずに、ひたすら一所懸命に働いているのだ。

「ええっと、ここかしら?」

四半刻(しはんとき)ほど歩いたあたりで、川沿いに小ぢんまりとした宿屋を見つけた。

長海はもうしばらくここに逗留していると、女将に教えてもらったのだ。

「失礼いたします。長海和尚さんはいらっしゃいますか? 花見の宴でお会いした藍です」

宿屋のお内儀(ないぎ)に声を掛けると、しばらくしてから長海が表に出てきた。

「やあ、お藍さん、お待ち申し上げておりましたぞ」

長海はまるで藍が訪ねてくるとわかっていたような様子だ。

まるで藍の血の繋がった祖父であるかのように満面の笑みで迎えてくれる。

思わずほっと気が緩みそうになった。

「先日はありがとうございます。素晴らしいひとときでした。今日はどうしても、長海和尚さんにお聞きしたいことがあって参りました」

「聞きたいこととは何だろう？　この爺でわかることならば答えて差し上げたいが」

長海が顎髭を撫でた。

「長海和尚さんのお茶は、どうしてあんなに美味しかったんでしょう？」

藍が前のめりに訊くと、長海が目を丸くした。

「あの二杯のお茶は、奇をてらうような手を加えることは一切していない、どこまでも素朴な味でした。どこかできっと飲んだことがあるような懐かしい味でした。ですが、女将さんから分けていただいた京の茶葉を使って幾度試してみても、長海和尚さんのあのお茶の味にはならないんです」

必死で言う藍に、長海は、ほう、ほうと目を細めて頷く。

「それは易しいことだ。お藍さんの肩にはまだまだ余分な力が入っている。この爺のようにふらりふらりと風に身を任せるようになれば、茶葉がいちばんうまく開いたそのときに、ふと声を掛けられたようにわかるものだよ」

「風に身を任せる、ですか……」

藍は眉を八の字に下げた。

長海の言っている意味は、藍にはまだよくわからない。

「そんなに困った顔をするでないぞ。茶の心は皆に惜しみなく振舞うことだ。お藍さんが望むならばいくらでもコツを教えてやろう。きっとあんたなら呑み込みが早いはずだ。ただしそのかわり——」

長海が声を潜めた。

「私をぐっすり庵に案内しておくれ」

「えっ！」

藍は息を呑んだ。

「宴の席で、占い師のお種に言われたんだ。もうしばらくお江戸に留まれば、誰かが私をぐっすり庵に連れて行ってくれるはずだ、とな。その誰かとはお藍さん、あんたなんだろう?」

藍は言葉を失って長海をまじまじと見つめた。

その肆

一味違う、宇治茶の魅力！

京都の宇治といえば、お茶の名産地として最も有名な場所の一つです。

特に最近では、宇治の抹茶を使ったパフェやソフトクリームやゼリーなどが、京都観光の名物として大人気となっていますね。

碾茶（てんちゃ）と呼ばれる茶葉を茶臼でひいて粉にした抹茶は、苦みの少ない濃厚な味わいとはっきりした香りがスイーツの甘みにとても良く合います。

宇治のお茶といえば抹茶を思い浮かべる人が多いかと思いますが、宇治にはもう一つ、特徴あるお茶があります。

それは玉露です。

とろりとした山吹色に濃い旨味（うまみ）が特徴の玉露は、とても高級なお茶として知られています。上等なものとなるとその値段は天井知らずで、百グラムで万単位の値段になることもあるといいます。

玉露と普通の煎茶（せんちゃ）とは、茶葉の育て方からして違います。

普通の煎茶の茶葉が露天で太陽の光を浴びて成長するのに対して、玉露は太陽の光が入らないように覆いをした覆下園（おいしたえん）で育てられます。

私たち人間をはじめとする動物や他の作物のように太陽の光を浴びるほうが健康的で美味しくなるのでは？　と思えてしまうのですが、玉露を育てるときだけは例外です。

お茶にはテアニンという旨味の元になる物質が含まれていて、それが日光にあたると渋みであるカテキンに変わってしまうのです。

そんな渋みを極力抑えて旨味だけを膨らませた玉露は、他にはない味で、登場してすぐに大きな流行となりました。
玉露が庶民の間に浸透し始めるのは江戸時代後期、ちょうどこの物語の少し後からです。

もしその頃の桜屋を覗いてみたら、きっと簡単には手に入らないうんと上等な玉露を出して、お江戸のお客さんたちを魅了していたに違いありませんね。

本書は書下ろしです。

実業之日本社文庫　好評既刊

実業之日本社文庫　好評既刊

井川香四郎
歌麿の娘　浮世絵おたふく三姉妹

人気絵師・二代目喜多川歌麿の娘で、水茶屋「おたふく」の看板三姉妹は、江戸の悪を華麗に裁く美しき仕置人だった!! 痛快時代小説、新シリーズ開幕！

い109

宇江佐真理
酒田さ行ぐさげ　日本橋人情横丁

この町で出会い、あの橋で別れる――お江戸日本橋に集う商人や武士たちの人間模様が心に深い余韻を残す、名手の傑作人情小説集。（解説・島内景二）

う22

宇江佐真理
為吉　北町奉行所ものがたり

過ちを一度も犯したことのない人間はおらぬ――与力、同心、岡っ引きとその家族ら、奉行所に集う人間模様。名手が遺した感涙長編。（解説・山口恵以子）

う23

風野真知雄
月の光のために　大奥同心・村雨広の純心

初恋の幼なじみの娘が将軍の側室に。命を懸けて彼女の身を守り抜く若き同心の活躍！ 長編時代書き下ろし、待望のシリーズ第1弾！

か11

風野真知雄
消えた将軍　大奥同心・村雨広の純心 2

紀州藩主・徳川吉宗が仕掛ける幼い将軍・家継の暗殺計画に剣豪同心が敢然と立ち向かう！ 長編時代書き下ろし、待望のシリーズ第2弾！

か13

実業之日本社文庫　好評既刊

風野真知雄
江戸城仰天　大奥同心・村雨広の純心3
将軍・徳川家継の跡目を争う、紀州藩吉宗ら御三家の陰謀に大奥同心・村雨広は必殺の剣「月光」で立ち向うが大奥は戦場に……好評シリーズいよいよ完結!!
か15

梶よう子
商い同心　千客万来事件帖
人情と算盤が事件を弾く――物の値段のお目付け役同心が金や物にまつわる事件を解決する新機軸の時代ミステリー！（解説・細谷正充）
か71

河治和香
どぜう屋助七
これぞ下町の味、江戸っ子の意地！　老舗「駒形どぜう」を舞台に描く笑いと涙の江戸グルメ小説。料理評論家・山本益博さんも舌鼓！（解説・末國善己）
か81

倉阪鬼一郎
人情料理わん屋
味わった人に平安が訪れるようにと願いが込められた料理と丁寧に作られた器が、不思議な出来事と人の縁と幸せを運んでくる。書き下ろし江戸人情物語。
く45

倉阪鬼一郎
しあわせ重ね　人情料理わん屋
身重のおみねのために真造の妹の真沙が助っ人に。そこへおみねの弟である文佐も料理の修行にやって来たことで、幸せが重なっていく。江戸人情物語。
く46

実業之日本社文庫　好評既刊

倉阪鬼一郎
夢あかり　人情料理わん屋
わん屋へ常連の同心が妙な話を持ち込んだ。盗賊を追い、偶然たどり着いた寂しい感じの小料理屋。そこには驚きの秘密があった!?　江戸グルメ人情物語。
く４７

倉阪鬼一郎
きずな水　人情料理わん屋
順風満帆のわん屋に、常連の同心が面白そうな話を持ち込む。ある大名の妙案で、泳ぎ、競馬、駆ける三種を三人一組で競い合うのはどうかと。江戸人情物語。
く４８

倉阪鬼一郎
お助け椀　人情料理わん屋
江戸を嵐が襲う。そこへ御救い組を名乗り、義援金を募る僧達が現れる。その言動に妙なものを感じ、正体を探ってみると——。お助け料理が繫ぐ、人情物語。
く４９

倉阪鬼一郎
開運わん市　新・人情料理わん屋
わん屋の常連たちは、新年に相応しい縁起物を揃えて開運市を開くことに。その最中、同様に縁起物を売る旅籠の噂を聞き覗いてみると……。江戸人情物語。
く４11

倉阪鬼一郎
えん結び　新・人情料理わん屋
「わん屋」の姉妹店「えん屋」が見世びらきすることに。準備のさなか、里親探しの刷物を配る僧を見かけた易者は、妙なものを感じる。その正体とは……。
く４12

実業之日本社文庫 い173

春告げ桜　眠り医者ぐっすり庵

2023年2月15日　初版第1刷発行

著　者　泉ゆたか

発行者　岩野裕一
発行所　株式会社実業之日本社
〒107-0062　東京都港区南青山5-4-30
emergence aoyama complex 3F
電話［編集］03(6809)0473［販売］03(6809)0495
ホームページ　https://www.j-n.co.jp/
ＤＴＰ　ラッシュ
印刷所　大日本印刷株式会社
製本所　大日本印刷株式会社

フォーマットデザイン　鈴木正道（Suzuki Design）

ISBN978-4-408-55784-7（第二文芸）